KB035162

문학과지성 시인선 473

검은색

송재학 시집

문학과지성사

문학과지싱사에서 퍼낸 송재학의 시집

얼음시집(1988, 개정판 1995)
푸른빛과 싸우다(1994)
슬프다 풀 끗혜 이슬(2019)

문학과지성 시인선 473

검은색

초판 1쇄 발행 2015년 10월 7일
초판 4쇄 발행 2024년 3월 27일

지 은 이 송재학
펴 낸 이 이광호
펴 낸 곳 ㈜문학과지성사
등록번호 제1993-000098호
주   소 04034 서울 마포구 잔다리로7길 18(서교동 377-20)
전   화 02)338-7224
팩   스 02)323-4180(편집) 02)338-7221(영업)
전자우편 moonji@moonji.com
홈페이지 www.moonji.com

ISBN 978-89-320-2782-1 03810

이 도서의 국립중앙도서관 출판예정도서목록(CIP)은 서지정보유통지원시스템 홈페이지
(http://seoji.nl.go.kr)와 국가자료공동목록시스템(http://www.nl.go.kr/kolisnet)에서
이용하실 수 있습니다. (CIP제어번호: CIP2015025992)

문학과지성 시인선 473

검은색

송재학

2015

검은색

차례

시인의 말

어디서나
나와 같은 질문을 하는 검은색이 있다

야크 똥

야크 똥에게 '너 잘 썻고 있어' 다독이다가 오래된 평화 때문에 같이 담벼락에 기대고 만다 얌드록쵸 호수 너머 햇빛을 견디는 골목이었다 야크 똥은 메주처럼 잘 말라가고 있다 콩인지 뭔지 낯달 같은 알갱이가 티베트 문자[藏文]와 함께 박힌 메줏덩이를 햇빛이 보릿단으로 뾰독뾰독 썰어낸다 반짝거리니까 껍질과 속살 사이 유채밭 경작지가 자꾸 넓어지고 있다 두꺼운 목판본 바람까지 밀봉되었다 집집마다 수천 장 야크 똥이 담장이며 지붕을 덮고 있다 불을 지피기도 전에 온돌처럼 데워졌다 어린 시절 돼지 축사에서 맡았던 더럽고 역겨운 냄새는 오해였던 거야 참으로 에워서 돌아가는 먼 길이구나 냄새여, 메마른 땅에서 수행하는 라마여, 초근목피 드문 곳의 땔감이었으니 나무 타는 냄새와 닮았다

공중

　허공이라 생각했다 색이 없다고 믿었다 빈 곳에
서 온 곤줄박이 한 마리 창가에 와서 앉았다 할딱거
리고 있다 비 젖어 바들바들 떨고 있다 내 손바닥에
올려놓으니 허공이란 가끔 연약하구나 회색 깃털과
더불어 목덜미와 배는 갈색이다 검은 부리와 흰 뺨
의 영혼이다 공중에서 묻혀 온, 공중이 묻혀준 색깔
이라 생각했다 깃털의 문양이 보호색이니까 그건 허
공의 입김이라 생각했다 박샛과 곤줄박이는 갈필을
따라 날아다니다가 내 창가에서 허공의 날숨을 내고
있다 허공의 색을 찾아보려면 새의 숫자를 셈하면
되겠다 허공은 아마도 추상파의 쥐수염 붓을 가졌을
것이다 일몰 무렵 평사낙안의 발묵이 번진다 짐작하
자면 공중의 소리 일가(一家)들은 모든 새의 울음에
나누어 서식하고 있을 것이다 공중이 텅 비어 보이
는 것도 색 일가들이 모든 새의 깃털로 바빴기 때문
이다 희고 바래긴 했지만 낮달도 선염법(渲染法)을
기다리고 있지 않은가 공중이 비워지면서 허공을 실
천 중이라면, 허공에는 우리가 갖추어야 할 것들이

있다 바람결 따라 허공 한 줌 움켜쥐자 내 손바닥을
칠갑하는 색깔들, 오늘 공중의 안감을 보고 만졌다
공중의 문명이란 곤줄박이의 개체 수이다 새점(占)
을 배워야겠다

여수와 여수 사이

여수와 여수 사이*
남자가 가려는 옛 여수는 지도에 없는 곳,
여자는 여수의 입술에서 맴돌았다
여수 생각에
남자의 체온이 수온만큼 내려간 장면에서
여자는 울고 있다
남자가 찾는 여수와 여자가 기다리는 여수는
서로 상(傷)하고 있다
긴 그림자가 뱃고동 소리를 물고 있는 여항,
여수는 저물고 있다
낡은 필름 속이니까
화면에 늘 비가 오고
여수는 주저앉아 다정다감하다
바다와 비의 여수는 흑백 눈동자를 깜박거린다
늦은 불빛을 따라 해안을 이끌고 여수는
여기저기 떠도는 중이다
여수와 여수 사이
그 많던 여수의 어디에서도 두 사람은 어긋난다

여윈 두 손 사이

갈라져 터진 손금마저 여수 옛길의 골목을 닮아
가는

엔딩크레디트

* 가상의 영화.

햇빛은 어딘가 통과하는 게 아름답다

1센티미터 두께의 손가락을 통과하는
햇빛의 혼잣말을 알아듣는다
불투명한 분홍 창이
내 손 일부이기 때문이다
국경선이 있는 손바닥은
역광을 움켜쥐었다만
실핏줄이 있는 종려 이파리는 어찌 얼비치는 걸까

구석구석 드러난 명암이기에
손가락은 눈이 없어도 표정이 있지
햇빛이 고인 손톱마다
환해서 비릿한 슬픔

손바닥의 넓이를 곰곰이 따지자면
넝쿨식물이 자랄 수 없을까
이토록 섬세한 공소(公所)의 햇빛이 키우고,
분홍 스테인드글라스가 가꾸는,
인동초 지문이
손가락뼈의 고딕을 따라간다

구름장(葬)

　낮달이 구름 속에서 머리 내밀 때마다 궁금한 배후, 씻긴 뼈 같은, 해서체 삐침 같은, 벼린 낫의 날 같은, 탁본 흉터 같은 것이 새털구름을 징검징검 뛰어 눈 속을 후비고 들어왔을 때, 낮달과 내 눈동자의 뒤쪽까지 궁금하다 풍장은 신열 앓는 구름 속 잡사이거니 했기에 아주 맑은 정강이뼈 한 줌이 자꾸 풍화되는 것이라 믿었다 그래도 낮달과 눈동자의 뒤를 하염없이 따라가고 싶었다 너무 시리거나 너무 여리기에 바람벽에 못질하여 걸 수 없으니 내 눈 속을 비집고 들어온 낮달이다 봄부터 시름시름 앓는 내 백내장의 침식(侵蝕)을 돕던 낮달 조각은 다시 구름 걷힌 서쪽 하늘 전체를 차지해 해말간 몸을 씻어내고 있다 저게 맑은 눈물의 일이거니 했다

습탁(濕拓)

전날 밤은 흐려서 습탁이 맞춤이었다 달은 이미
흥건히 젖었다 권충운의 아귀를 슬며시 들추니 젖는
다는 것은 달의 일상이다 구름의 일손을 빌려 달빛
몽리면적까지 화선지를 발랐다 달이 그새 참지 못하
고 꿈틀거리며 한 마장 훌쩍 미끄러진다 잠 이루지
못하는 새들도 번갈아 달빛 속을 들락거린다 물이
뚝뚝 묻어나는 부레옥잠 대궁으로 화선지를 두들기
자 달의 숨결이 잠시 멈춘다 그 위에 달만큼 오래된
유묵을 먹였다 뭉툭한 솜방망이를 가져온 것은 뭉게
구름이다 다시 살살 두들기고 부드럽게 문지르고 공
글리자, 먹을 서 말쯤 삼킨 시커먼 월식(月蝕)이다
칠흑이다 달이 탄식하기 전 화선지를 떼어내 새들의
긴 빨랫줄 항적에 널었다 아침부터 달의 탁본이 걸
렸다 모서리 없는 습탁이다 먹이 골고루 묻지 않아
서 속빛무늬로 얼룩덜룩하지만 잘 말랐다 건탁(乾
拓)의 때깔도 보고 싶다

건탁

    달 위에 미농지 덮고 탁본 묵을 문지르자 수피가 거친 나무부터 도드라졌다 달의 미열도 덩달아 솟을 새김이다 달의 쇄골 가지에서 졸던 새들은 잠을 뒤척인다 미농지를 흔들면 어린 새들조차 달로 되돌아 갈 것이다 다시 미농지를 문지르자 수면이 음각으로 번진다 잠깐 은결든 수면도 보였지만 수위는 자꾸 낮아졌다 이제까지 호수 바닥에서 일렁거렸던 수초는 형광 불빛 아래 뻣뻣해졌다 괜찮다 괜찮다고 내가 오래 달래며 문질렀다 차가운 은색 실선이 둥두렷이 떠올랐다 달의 길이다 저녁에서 새벽까지 걷는 밤길이다 모서리마저 부드러워지자 목에 걸 수 있는 둥근 테두리가 만들어졌다 은화 한 닢 생겼다 이걸로 구입하는 것들이 생계보다 많아졌으면 한다

달의 궤도

강에서 가져온 돌에 달이 갇혀 있다 그건 달의 문
양일 뿐 달빛이 없다 달이 되지 못하는 돌들은 달
의 궤도가 필요하다 돌에 박힌 달은 무표정하고 살
짝 찌푸린 근시이다 돌 속의 달에게 중력이 생기는
순간, 가면의 얼굴조차 간절해 보이는 또 다른 가면
을 달의 눈이 찾았다 애면글면 달빛이다 움푹 꺼진
기억마다 수면이 생기면서 물을 머금고 선명해지는
달, 인중이 긴 달, 여전히 달의 뒷면은 돌에 박혀 보
이지 않는다 달은 어디 갔다가 다시 되돌아오는가
뱉지 못하는 것을 삼킨 달이 문득 밝아질 때가 있다
그게 사무치는 일이 될 때, 달의 표면은 거칠다 달을
받들고 있는 허공이다

바다가 번진다

　바다가 번진다 흰 갈퀴 뻗대는 볏이 있다면 귀 없고 눈 없고 입 뭉툭하지만 파도의 맨발로 바다가 번진다 내 작은 몸에도 수면이 있어 바다 이야기가 있다 지쳐 있고 다소곳한 걸음만 본다면 바다 쪽은 파도의 뒤꿈치이다 내륙에도 소실점을 세우고 싶은 바다가 가진 수평의 욕망이라면 파도는 끝없이 내륙을 쓰다듬고 파헤치고 발기는 손발의 뼈 같은 것이겠지만, 내륙의 살을 만지려는 욕망이 더 간절하기에 파고(波高)라는 은빛 갈등으로 바다가 번진다 일몰과 일출이 필요한 내 몸에도 수시로 바다가 도착했다 바다가 번질 때마다 파도의 등 푸른 언어가 필요했다 조사(弔詞)가 있어야만 했다 뼈가 허옇게 드러난 내륙의 상처를 핥으며 바다가 번진다 기름지느러미 퍼드덕거리며 물고기가 실어 나른 1만 개의 비늘이 내륙에 도착했다 그만하면 되었다고 짐작한 사람들은 내가 죽은 뒤에도 바다는 수평선이 더 필요하다는 걸 알지 못한다

수평선이라는 직선

  수평선의 직선은 표정이 좋다 곧장 아침에 일어나
서 지평선 시렁 위에 이불을 반듯이 개어 쌍희[囍]
자가 보이도록 올렸더니 구름처럼 가볍다 그렇다면
수평선 위에 다락의 속셈도 있겠구나 지난여름에 보
아둔 물웅덩이를 그곳에 옮겼다 어김없이 점심 무렵
여우비가 흩날렸다 수평선의 직선이 구불구불해졌
다 수평선 위로 속이 훤히 보이는 남행의 기차가 오
래 정차해서 눈이 부셨다 수평선이 멀어 이별의 모
서리는 생략되었지만 직선이 파르르 떨린다 일몰이
번지기까지 직선은 짐짓 침묵이다

단항리 해안

단항리 해안, 기억이 끌고 온
섬이 도착했다
인기척도 노(櫓)도 없다
눈 감은 머리만 도착했다
미농지 너머 섬은 치자꽃 머금고 있다
슬픔이 없는 눈물이 있듯
치자나무 바래어 낮달이 쉬이 머물렀다
초분의 시렁이 실린 섬이기에
흑백이며 풍화가 진행 중이다
코발트 입김을 토해내는 단항리 바다 위
꽃받침 없는 꽃봉오리
아직 피지 못한 꽃잎의 섬이 있다
오늘 나의 허묘를 얻었다
눈물 글썽이는 바다,
온종일 바다는 진흙 연못처럼 고요하다

밀물 소식지

입김 같은 밀물 소식지를 받았습니다
물때란 게 일몰조차 설레게 합니다
사람을 찾는 심인(尋人) 파도가 있다면
밀물의 부고란에 나무나 풀의 이름들이 가끔 떠내
려옵니다
바다 밑 늑골들이 잿빛이라는 흉흉한 소문도 있습
니다
뒷면의 전면광고는 죄다 형광빛 한려(閑麗)인데
수천 조각 낭랑했던 역광들은
목이 쉬어 상(傷)한 비늘 털고 야행성으로 누웠습
니다
눈물의 외등은 해안선 따라 차례로 점멸합니다
돌아갈 곳 없다는 밀물의 울음,
네 쪽짜리 소식지를 흥건하게 채우는 밀물 드는
저녁입니다
물의 방죽 아래가 얼마나 허망한지 더듬다가
내처 물 허물어지는 느낌처럼 깜빡 풋잠 들었다가
아직 높고 어두운 수면의 해발을 바라봅니다

텅 빈 것들의 무릎깍지마다 달이 돋고 있습니다

천문에도 밀물 들어 별자리는 쏟아질 듯 돋을새김
입니다

얼굴 모습 본뜬 밀물 같은 게 있기에

파도는

물때까치 사나운 무리 속에 뒤섞여버렸습니다

해안선

　자기만의 해안선을 가진 사람이 있다 자기만의 고독이다 해안선이 챙겨두었던 고독과 고독을 대신하는 리아스식 해안이 뒤엉켰다 잎이 넓은 후박나무 서랍에서 뒹굴던 고독이다 해안의 오래된 비석을 읽을 때 더듬더듬 끊어지면서도 따라가는 건 돌과 글의 고독이 닮았기 때문이다 지구의 자전을 따라 해안선을 걷다가 알기 힘든 옛 글자가 나올 때쯤, 긍휼(矜恤)이 있고 빈집이 있다 납작한 지붕이 있다면 고독이 딱딱해진 글자를 삼킨 것이다 먼바다에서 금방 떠내려온 섬이 그 집 앞에 있다

고래 울음

고래 우는 소리*를 들었네
밤비가 줄기찼던 게
적멸보궁은 물이 새는 야거리였거나
절반은 고래 몸피였을 것이네
1만 개의 칼집에서 칼이 빠져나오는 소리,
하릴없이 내 목을 만졌지
부처가 없는 절집의 고래 울음은
명부전을 엮을 만큼 흥건했지만
습한 지옥도를 어찌 견딜까
더 많은 귀를 끄집어내는 저녁 예불,
내 달팽이관에 이미 물이 밀려오고 있다
처마의 풍경(風磬)조차 물고기 지느러미를 매단
것을
시커먼 빗소리가 누운 해안,
풀어헤친 범종 그림자처럼 귀신고래가 도착했다
꺼져가는 깜부기불이 자주 깜빡거렸다

* 범종 소리를 흔히 고래의 울음소리[鯨音]라고 말한다.

고딕 숲

전나무 기둥이 떠받치는 숲 속
습한 고딕체의 나무가 훌쩍 자라서
연등천장의 내면을 떠받치는 중이다
고딕 숲에서 내 목울대는 하늘거리는 풀처럼
검은색 너머 기웃기웃,
수사복 사내들의 검은색이
나무의 뼈라면
검은색 이야기의 시작은 주인공의 죽음/자살이다
누군가의 메마른 입술에서 나뭇잎이 꾸역꾸역 자
랄 때
내 안팎에서도
열리고 닫히는 새순 아가미들의 연쇄반응들,
숲을 떠다니는 부레족(族) 나뭇잎을 만나도 놀랍
지 않다
고딕 숲의 부력이 완성되었기 때문이다
어떤 관습들에서 열거되는 투니카와 쿠쿨라*의
수도복 입은 발자국이 모여들겠다
오래된 불빛이 울울(鬱鬱) 침엽수를 밝히려 한다면

내 묵언은 닫아야 할 입이 너무 많다

* 카톨릭 수도승의 고유 의복.

나무의 대화록

사람의 말과 나무의 말은 다르다 사람의 말이 공중에 번지는 소리의 양각이라면 나무의 말은 소리를 흡입하여 소리의 음각을 만든다 공중의 소리 일부를 흡입하면서 만들어낸 펀칭 카드를 통한 나무의 대화법은 고요의 음역(音域)이다 성대가 없는 나무들에게 잎과 수피의 자잘한 구멍을 통한 소리의 들숨이야말로 맞춤한 점자법이라면 나이테는 소리에 대한 지문이겠다 나무의 음각 소리는 무늬에 가까워서 소리의 요철은 바스락거리지만 너무 희미하여 잎들이 소리를 만져 확인하기도 한다 주변에 소리가 없다면 잎들이 서걱거리는 소리가 전사(前史)이겠다 나무에게 와서 언틀먼틀 소리는 홀연 어눌하고 홀연 비밀스럽다 나무들이 새긴 소리의 지형은 쉬이 사라지지 않기에 나무의 대화는 명상록으로 유전된다 책으로 묶은 소리책은 낙엽과 함께 퇴적된다 목간에 고이는 소리는 나무의 발전에 보태어진다 그 소리 또한 나무 속에서 묵언을 배운다 그러고도 남은 소리는 잎들이 서로 부빌 때 혹은 잎들

이 바람에 일렁일 때 사용된다 나뭇잎들이 자주 겹
치는 것은 소리의 아가미에 해당되는 것이다

나무가 비어 있다는 말을 들었다

나뭇잎과 물고기가 겹치던 때보다 훨씬 뒷날, 사람과 나무가 윤곽 없이 생을 이룬 시절이 있었다 나무는 사람으로부터 돋아 나오고 사람은 나무 속에서 죄를 고백했다 나무와 사람은 결이라는 고운 이음매가 있었다 나무의 별자리가 사람의 그림자에도 스몄던 화석이 나왔다 점차 사람이 이목구비라는 예의를 갖추고, 나무는 잎을 매달면서 이진법이 시작되었다 나뭇가지 점(占)은 사람과 나무의 간격에 대한 예언이다 나무가 사람을 그리워할 때 사람도 두 팔 벌리고 나무의 불 켜진 지층이 보고 싶었던 날짜는 구석기 이전이라는 짐작만 있을 뿐,

지금 나무가 비어 있다

우기(雨期) 음악사(音樂史)

젖은 나무 앞에서는 나무의 소리,

젖은 풀을 풀이라 불러주면서

오래전부터 비는 자연에서 음악으로 이동했습니다

비는 물의 수직 악보를 충실히 옮겨줍니다

당신의 생(生)에는 우기가 있다는 것을 깨우쳐줍
니다

사람이 제 뼈로 동굴벽화를 그릴 때쯤 비는 음악
으로 들어왔습니다

비는 구름의 수의를 벗고 음악으로 기록되기 시작
했습니다

지금 나를 적시는 고만고만한 비의 정강이뼈들은

내 슬하(膝下)에서 자꾸 보채고 있습니다

내 몸 구석구석 미끌미끌한 활(滑)의 소리가 나
는 건

쇄골 높이로 동행하는 폭우 때문입니다

오래전 내 몸 어딘가 고였던 빗물이기에 비린내는
피할 수 없습니다

우산

비를 피하려고 우산을 만들었다고, 아니 비를 응시하기 위해 우산이 필요한 산족(傘族)도 있었다 고대 언어 우산은 얼굴의 물기만 슬쩍 가린 셈이다 언필칭 비와 눈[目]의 고독한 간격을 위해 우산이 필요했다 물기 머금은 눈동자의 다른 이름인 우산이라는 여린 글자는 비가 숭숭 새기도 하거니와 경사면을 집적거리는 빗물을 어쩌지 못한다 아랫도리가 심하게 젖어버리는 우산은 그야말로 나긋나긋한 물건이다 왜 비에는 응시가 필요했을까 빗방울을 통해 거미줄을 알게 되었다는 우연도 있지만 대체로 비에 젖은 것은 번지니까 비의 화석은 먼 우레의 핏방울처럼 남겨져서 석기시대의 사료(史料)를 대신했다 비의 빗장을 뽑은 후 우산 그늘이 생겼다는 반성처럼 오늘 비를 대신해서 '우산'이라는 기록을 남긴다 우산에게 들킨 비, 비에 들킨 우산의 말들은 교감 중이다

빗소리 되기

지리산하고도 쌍계사 앞, 개울의 보폭은 재재발라
라 귀 기울이면 빗소리, 작은 고기가 큰 고기에게 잡
아먹히듯 비야 광폭한 개울물에게 몸과 마음을 떠
넘기면서도 비야, 지느러미 파닥거리는 비야 수면에
닿을 때만큼은 눈시울 붉어졌었구나 사선을 긋는 빗
줄기 또한 잇몸 비비는지 나뭇잎들 합수 지점을 점
지(漸漬)하는 중이더라 비의 지문마다 소리가 맺혔
구나 화석이 되려는 빗방울 따로 있구나 밤낮 없던
개울물이 우루룽 집 짓는 소리 들었느냐 흐르는 빗
물로 지붕을 엮은 물의 집이더라 물살이 입을 쩌억
벌렸던 곳이라 물의 뼈에 물의 살을 포개었더라 석
달 열흘 물짐 날랐던 개울이어라 돌들이 우당탕 떠
내려와 토목을 도울 때 또는 폐결핵이라고 살여울이
고백했구나 봄의 빗줄기가 가늘어지면서 끝내 향기
로웠구나 푸른 물 풋잠 마중하며 물방울 되는 너와
내가 있으니

겨울 저수지가 얼면서 울부짖는 소리 는 군담소설과 다를 바 없다

달성 인근 저수지가 꽁꽁 얼었다 20세기 초엽부 터* 겨울마다 얼었다 몸을 웅크린 저수지가 얼었다 어두운 버드나무 그림자는 못 자국 투성이로 얼음에 박혔다 허공을 날아가던 새 떼마저 붙들렸기에 새들 은 얼음에 갇혔다 잠자는 물고기들은 눈을 뜨고 있 다 잠들지 못하는 물고기들은 소등을 시작한다 얼음 아래 물의 이야기를 수초는 느린 방각본으로 필사한 다 봄눈을 뜰 때마다 아직 겨울 별자리 아래이다 물 고기의 두 눈을 대신했던 별빛은 목판본이기에 두텁 게 얼었다 수면의 살얼음이 얇게 잡히면 물은 힘들 어했다 멍들면서 얼었기에 저수지는 뒤척거린다 달 성의 겨울 저수지를 건너가는 쩡쩡 얼음 갈라지는 소리는 우선 저수지 바닥까지 창과 활이 꽂히느라 나왔고, 근처 저수지들도 일제히 같은 소리를 낸다 결빙음은 자문자답, 얼음덩어리 저수지를 통째로 끄 집어내어 읽으시라는, 꽝꽝 얼어붙은 갑오년 달성판 방각본을 삼동 내내 읽으시라는 청유형 겨울이다

* 대구의 달성판 방각본은 1900년대부터 1930년대까지 주로 달성의 광문사와 대구의 재전당서포를 통해 상업적 목적으로 출판되었다. 현재 국립도서관에서 확인된 달성판 방각본은 43종이다. 목판 및 납활자본의 방각본은 대체로 실용서 및 군담, 영웅소설로 상인들에 의해 제작이 되고 서민층이 소비하였다.

목판화

얼어버린 강의 눈자위가 희번덕거린다
고양이 주검이 알약처럼 흩어져 있고
그 옆에 모닥불이 마른버짐 피웠다
죄의식을 숨기는 발자국은 살얼음을 디디고
이곳은 창문도 없기에
사무친 고해성사의 흔적이 있다
개항 백 년의 앞뒤가 엉킨 강변이다
새 떼가 앉았다는 그림자가 널렸다
오늘 밤 폭설이라니 불가촉 강물은 또 얼면서
주술에 시달리겠다
눈썹 흰 싸락눈이 참먹을 품고 휘날린다
동이째 먹물을 퍼부어 찍어봐도
목판화 원본과 자꾸 달라지는 강의 그림자이다

건달불

1887년 경복궁에서 처음 켜진 전깃불은 물불이거나 묘화(妙火)였다 향원정 연못의 물을 이용한 화력 발전이었기에 물불이라 했고, 기묘함 탓에 묘화란 이름을 얻었다 하지만 자주 켜졌다 꺼졌다 하면서 하릴없이 애를 태워 건달불이라는 비웃음도 얻었다 게다가 이 전깃불은 대국이 아니라 오랑캐의 물건이라던,

납작하니 낡은 등이 나에게 왔다 묘화라는 시치미에는 에디슨 전등 회사의 상표도 짐짓 끼어들었으니 그게 젊은 날 내 곁에서 깜빡거리는 백열등의 계보인가 복화술 하는 나를 보며 묘화의 텅스텐 눈썹은 찡그릴 뿐 쉬이 불을 켜지 못한다 혹 잠깐 불을 밝혀도 방은 여전히 어둡고 묘화의 내부만 터럭 한 올까지 환하다 백 년을 기다려도 건달의 속내는 무심하니 건달불 없이 하, 시절을 구불구불 지나온 사람의 심정과 마찬가지더라

물의 상자

저수지 물결이 늦가을 내내
도돌도돌 껍질을 만들 때가 있다
그게 사과 껍질처럼 벗겨졌는지 늦가을 수면은
금방 다른 무늬의 껍질을 오돌토돌 엮고 있다
밤이 되면 가시까지 돋아나는 물껍질도 있다
주머니 속 호두를 만지작거리다가
물껍질 안이 궁금해진다
자꾸 껍질을 일구어내니
물의 상자는 흘러내리고 넘치는 것들로 채워져 있
는가 보다
수면의 겉이야 제 수줍음이라 하지만
나도 내 입을 꽝꽝 못질할 때가 있다만
겨울 초입부터 꽁꽁 얼어버린 얼음의 외피는 또
무언가
물보다 더 부드럽고 연한 것들을 얼음 속 물갈퀴
가 붙들고 있다
날이 풀리기 전에 얼음이 녹고
저수지 중심에서 도드라진 물껍질의 옹이처럼

둥두렷이 떠오른

죽은 사람의 시선도 물속을 향해 꽂혔다

물 위에 비친 얼굴을 기리는 노래*

낯물 위의 얼굴,
파리하다
잠시 일렁거리다가 물결이 지우고
다시
헐거운 얼굴 머뭇거리며 다가왔다
저 위인은 부역꾼의 몰골,
물끄러미 정지한 생(生)에
나뭇잎 한 장 날아와서 얼굴을 가렸다
벌레 먹은 흔적 때문에 잎새에도 눈이 생겨
내 시선과 마주쳤다
물결 일렁이고 햇빛 으깨지면서
송사리 떼 사금파리 하나씩 물고 물속으로 사라
졌다
풍류가 어지러워
잎새가 초록 노(櫓)를 서둘렀으니
낯익은 얼굴 그리메 다시 물 위에 앉으라 한다
잎새이거나 햇빛이거나 늘 속엣말**하는
낮달은 어머니 윤곽,

잎새이거나 햇빛이거나 늘 다독여주는
어머니, 은결든 얼굴이다
빗방울 떨어지면서 동심원들 내 눈시울까지 번지
는데
내 얼굴은 자꾸 어머니 얼굴 닮아가고
한 마장쯤 떠내려가면서도
다북쑥 손바닥 불쑥불쑥 내 생채기 건드린다
어머니 떠내려가면서
다북쑥만으로 내 속은 먹빛 물드는데

* 꿈속에서 향가집 『삼대목』을 읽었다. 지금 생각나는 건 고단한
부역꾼의 얼굴뿐이라, 물 위에 비친 얼굴의 희미한 기억에 기리는
노래를 덧붙였다.
** 가슴에 품고 있는 말.

귀화

 폭포의 물이 갑자기 불어났다면, 상현달 빛이 수면의 희고 검은색을 짚어가다가 물속까지 정강이를 적시다가 물의 염색을 재촉하는 일이 드물지 않듯이, 물빛과 달빛의 상생이니까 서로의 무릎이 닿아 박꽃이 피듯이, 미끌미끌한 달빛이 물구나무선 채로 물속에 몸을 풍덩 담그면—달의 슬픔이 담기는 물처럼—그새 숫자가 불어난 달이 끝없는 동심원의 부표이듯이, 물의 산란이 급박해지면서 폭포를 닮은 길한 나무가 자라 달로 귀화하는 고사(古事)를 만나게 되듯이, 곧 요철의 물고기 탁본이 남겨질 달, 폭포의 이사(移徙) 같은 달빛 나무이더라

마중물

실가지에 살짝 얹힌 직박구리를
으능나무 모든 잎의 무게가 하늘거리며 떠받들듯이
펌프질 전에 펌프에 붓는 마중물로
내이(內耳)의 비알에 박음질하듯 우레가 새겨졌다
마중물은 보통 한 바가지 정도
그건 지하수의 기갈이었지만
물의 힘줄로 연결되었으니
물에게도 간절한 육체가 있다
물의 몸이 가져야 할 냉기가 우선 올라오고 있다
정수리에 물 한 바가지 붓고 나면 물의 주기가 생
긴다
마중물 아니라도 지하수 숨결은 두근거려서
마중물 받아먹으려는 물의 짐승들이 붐빈다
물의 손을 잡아주니 알몸의 물이 솟구친다
물의 등 뒤에 부랴부랴 숨는 알몸이다
물이 물을 끌고 오는 활차와
물이 물을 생각하는 금관악기가 저기 있다

저수지를 싣고 가는 밤의 트럭

5톤 트럭에 세상의 짐을 다 싣고도 여유롭다고 생
각한 건 저녁 식사 때의 반주 탓이겠지

뭐 스무 축과 뭐 50톳과 뭐 몇 접과 뭐 몇 잎과 뭐
몇 쾌와 뭐 몇 갓이 트럭에 올라갔다

푸른 것과 누런 것들이 뒤섞이긴 했지만 설마 짐
승은 아니겠지

야광 천막을 덧씌우기 전에 사내는 패각류를 보았다

어쩌면 밤길의 마음과 많은 짐에도 정거장이 이미
달라붙었는지 모르겠다

집의 불빛이 그리운 사내는 담배 연기를 깊이 빨
았다

천막을 단단히 조이기 전에 하루살이 떼 몰려들어
잉잉거린다

제 패거리들이 있다는 거지

사내는 쓴웃음 후에 침을 뱉었다

배추색 야광충들도 몰려든다

팽팽하게 줄을 당기자 잠깐 물 첨벙거리는 소리를
들었다

완벽하게 짐 속이 편안해졌다는 느낌이다

저 속에 출렁거리는 저수지가 있다

시속 1백 킬로의 잔상이 만든 환상에 의하면 트럭은 금방 고요해진다

틀림없이 모서리가 약간 젖었을 짐 속의 모든 생명도 속도에 의해 순해진다

별빛을 기준으로 어딘가 멀어진다는 것의 순수,

새벽이면 가장 밝은 별 아래쪽에 저수지의 날것들을 부릴 예정이다

물속의 방

　저수지마다 물의 방이 있지는 않지만, 내 왼쪽 저
수지는 고요했기에 매년 우울한 익사가 반복되었다
물의 낭떠러지에 물의 방이 있다 얼음장이 움푹 꺼
질 때의 탄식만을 본다면 물의 방은 수심이 그은 금
의 내부, 언젠가 얼어버릴 물의 시퍼런 능선이 가시
를 내밀었던 자국까지이다 물의 뼈는 수은 같은 금
속이라 단단하고 자유롭다 그러니까 물고기는 물과
수은을 섞어 푸른 등뼈를 만들었다 물의 방도 비늘
과 아가미가 있어 물고기와 비슷하다 물풀처럼 일렁
이는 이야기는 부레 없이 지느러미 각주를 달고 물
의 시렁에 뼈만 추슬러 얹었다 가끔 죽은 뼈가 닿으
면 물의 속눈썹부터 손사래를 쳤다 내 안에 눈 부릅
뜬 사람이 있듯 물의 어두운 곳에 물의 영혼이 있다
물의 앙금이 고스란히 간직되듯 내 안의 사람은 다
시 나를 느낀다 수면의 악다구니와 달리 물의 방은
어제 가위눌린 눈물이 필사되는 곳이다 물이 일일이
울고 있다

하루

여름 누비 구름 한 주비,

장항리사지 석탑 기단부에 기대어 마음껏 잠들다 기지개 켜던 짐승 따위라 생각했다만

누비 구름 펼치니 하늘가 식구들의 하루치 생활이라네

토록 새끼가 혓바닥 쑥 내밀어 한 줌 백설기 공기를 혀로 맛보니 온통 콩켸팥켸

느리 아비가 날름 낚아채어 제 입속이 먼저 불룩하니 근처 각다귀 구름이 푸릉푸릉

화초 머리 어미가 부자지간을 다잡느라 풀치마를 들썩거리니 팔느락팔느락

이번 여름도 지독히 덥겠구나

시집 못 간 딸을 조참조참 따라다닐 새 누비 구름 일가는 한껏 부풀어

곧 소나기 채비를 차려야겠다

만복사저포기

이사씨(異史氏)*가 말한다, 모년 모월 송생은 만복사 스님과 주사위 판을 벌렸는데 노름이야 도깨비 살림이라지만 스님과 송생은 서로 종잣돈과 뒷돈을 앞장세워 시비를 가렸는데, 과연 스님을 아슬하게 이겨 목숨을 부지한 송 아무개는 그날 억지로 경을 한 권 받아 유심히 살폈으니, 낡고 희미하지만 문장이 맑아 세상의 책이 아닌 듯했다 두근거리며 진동걸음으로 경을 숨겨 돌아온 서생, 수백 번 읽고 외우고 찢고 태우며 허공의 소리가 들린 후에야 고향 땅 아무개산 츠렁바위 인근에 가묘를 썼으니 마음은 걷잡을 수 없이 심란했더라

하 수상한 세월 지나 누군가 만복지보를 찾아 봉분을 파헤치니, 책은 먼지처럼 바스러져도 보물은 고스란히 있을지니, 파묘자는 먼저 황장목관에서 깨끗하면서도 무늬 없는 상자를 볼 수 있을 터, 허나 상자를 열어보면 다시 상자이다 또다시 열어보면 고대로 처음 본 민무늬이니 인내심으로 다시 열어볼 일이다 또다시 상자와 상자라면 잠깐, 찬 서리에 홍

낭자 신세인 파묘자는 화증이 솟아도 알아야겠지, 송 아무개의 일생 또한 텅 빈 것들의 악연이었다고, 그의 허묘와 생애를 가득 채운 건 의심투성이였다고, 파묘자는 송 아무개가 그 경을 수백 번 고쳐 읽고 골몰했지만 의심을 의문으로만 바꾸었다는 걸 알았어야 했는데, 아마 「만복사저포기」 이후 「송생전(宋生傳)」의 이모저모도 그러했을 거라, 문득 여기까지 궁리하다 다시 곰곰 앞뒤로 따져보니 쥐뿔도 남기지 않았던 선문답 같은 송 아무개가 분하여 파묘자는 기어이 서생의 주검을 찾아 해골의 눈알이라도 샅샅이 들여다보고 싶을 터, 경북 영천의 낙백서생 송 아무개가 읽은 경의 마지막 쪽은 죽은 뒤에도 눈 부릅뜨는 개안술에 대한 너덜너덜한 방법론이었겠다

* 포송령 기담집 『요재지이』의 화자.

건달 저(樗)

저(樗)는 가죽나무인데 낙엽수로 옻나무와 비슷하
다 저(樗)의 하루는 무성한 잎들의 그늘을 엮는 것이
다 텃밭 사이 좁장한 둔덕의 일렬 가죽나무 잎에서
는 냄새가 심하고 줄기에 옹이가 많다는 소문이 있
다 가죽나무의 어린 순은 먹거리가 아니기에 퉁명한
냄새가 이해된다 곧게 목재를 잘라야 할 때 쓰는 먹
줄로 승묵이 있다지만 저(樗)는 제 몸에 승묵의 가늘
고 반듯한 먹줄을 튕겨본 적이 없다 교활한 이성(狸
狌)과 소요자 저(樗)는 햇빛을 즐긴다 저(樗)의 짝인
이성은 살쾡이와 족제비인데 꼬리가 긴 작은 동물로
흔히 산과 들에 재빨리 숨었다가 들쥐와 닭을 노린
다 삵과 족제비의 그늘도 요즘은 누가 치워버렸는지
휑하다 텃밭의 농작물에 그늘을 지운다고 해마다 가
죽나무의 가지를 쳐서 아주 성글다 일찍이 불요근부
(不夭斤斧)라 했지만, 지금 저(樗) 무리는 둥치만 실
팍하고 어깻죽지 근처가 죄다 잘려 몰골이 기이하
다 정강이마저 비쭉 드러나는 입성은 고약하다 동패
끼리 조석으로 드잡이질한 흔적도 역력하다 모자는
삐딱하고 다리는 짝다리인데, 바지와 허리띠 느슨하

고, 좌측 발 우측 발을 요상하게 디디며 어깨와 등짝조차 수구리수구리*하며 텃밭에 비위를 맞춘 건달의 꼬락서니를 모르는가 한때 소요유(逍遙遊)를 기억하는 잎들은 불구를 가리기에 급급하다 소(逍)는 황하의 기슭을 오가는 풍류였으며, 요(遙)는 소(逍)와 동음으로 천천히 발음하면 유유하게 걷는 발자국이 은은한데 텃밭 사이 다섯 그루의 가죽나무는 소요의 운세가 아니다 또한 소요는 살림에서 멀리 떨어져 번뇌가 없다는 호연지기이지만, 저 텃밭의 사소한 은원에 얽히면서 저(樗)의 곡절 심한 건달사가 시작되었다 무성한 소매 잎을 느긋하게 바람의 운율에 떠맡기며 온몸을 조금씩 따뜻하고 서늘한 쪽으로 흔들며 유유자적하는 저(樗)의 냄새는 평화이겠지만, 오호라 건달 저(樗)에게 소요유가 없으니 악취는 필연이겠다

* 유몽인의 『어우야담』에서 첨삭 인용.
仄邇冠緩邇 衣後 於是 李生張生 奉行之女教 世憲曰 呋 李誤在足失 張錯右步失 改邇 奔趨失 改邇肩 背失, 한양 왈짜 안세헌이 짝패 동생들을 지도하는 장면이다.

물통의 농업사략(農業史略)

　30평 텃밭의 가장자리를 지키는 다섯 개의 물통은
직렬 핵가족이다 오래전 나는 티베트의 농가에서 일
처다부를 경험했으니 물통 식구들도 마땅히 일처이
부와 아이들이겠다 뚱뚱한 물통 형제들은 일찍부터
아내를 원했다 둘 다 족히 천 리터의 물을 담을 수
있다 광대뼈 불거진 붉은 물통의 처녀가 시집오더니
금방 아이가 생겼고 가내 농업은 시작되었다 다시
조리개만 한 아기도 아장아장 텃밭을 비집고 다닌다
새벽이면 산길 따라 아비를 앞장세워 그 식구들 오
며 가며 물을 지고 온다 북청까지 갔다 온단다 지아
비의 근면성이 자주 내 새벽잠에 찬물을 쏟아붓는다
물통의 물은 언제나 찰랑거렸다 지척지간 비워지고
채워지는 물결이 있다는 것은 심란하고 두근거리는
일이다 물지게 맨 앞은 어김없이 아비이고 마지막은
삼촌이라는 물통이다 그 사이에 뒤뚱거리는 물조리
개조차 한 모금의 물도 흘리지 않는다 비 오는 날 그
식구들은 굳이 입을 벌려 물배를 채운다 동면 중에
도 눈비에 민감해서 흐린 날마다 잠 깨는 물통의 컴

컴한 입을 보았다 팔과 다리며 머리끝까지 죄다 아
가리인 그들의 입은 채식의 내 입과 비교할 수 없다
언젠가 자신의 무덤이 될 그 배 속에 가득 찬 것이
물만은 아니겠지 그들이 매일 경배하는 초록이 자꾸
넓어지고 있다 아파트 베란다에서 몇 년째 관람하는
이 텃밭의 농업은 내 게으름과 비교한다면 얼마나
다정다감한가 상추가 불러온 들깨이고 그 옆에 자리
잡은 고추 일가들 역시 먼 곳에서 이사 왔으면서도
옹기종기 살 비비고 있다

베고니아 사람이고 인형이다

　베고니아 사람이고 인형이다 깡통에 동전을 넣자 사람만 한 인형이 탱고 리듬을 따라간다 1천 페소의 탱고이지만 섭씨 38도의 베고니아처럼 화류항(花柳巷)의 탱고이기도 하다 베고니아꽃,이라고도 적었다 베고니아는 사철 피고 지니까 그도 종일 춤을 춘다 1천 페소의 햇빛이 감은 태엽이 풀리자 땀 뻘뻘 흘리며 뚱뚱한 베고니아는 엉거주, 춤 굳어졌다

　허리춤의 빵을 꺼내 먹는 사람, 베고니아인,이라고 되풀이해 적었다 베고니아인의 눈은 휑하니 꺼져서 그의 눈과 비밀은 점차 엷어지는 중이다 베고니아인의 손가락에서 피는 꽃이 있다면 베고니아 혼혈의 그림자도 장식을 달았다 베고니아인의 기원을 생각했을 때 돌로 된 스페인풍 건물들의 폐활량은 자꾸 부풀었다 또 있다 베고니아인은 오래된 기타리스트이며 가난한 가장이다

　그는 다시 굳기름 같은 엉거주, 춤이다 다음 식사까지 베고니아꽃이겠다 그의 베고니아 화분을 엉겁결에 가져왔지만 내가 키웠던 베고니아와 다르다면

심장을 바꾸어 꽃 피운다는 정도이다 희고 검은 피가 섞인 베고니아, 그가 베고니아 눈을 떴을 때 베고니아 피는 그와 섞이는 중이다,라고 나는 패스포트 여백에 적었다 베고니아는 빵을 근심하지 않지만 빵냄새의 근친이다

나비 날개를 빌린 얼굴

나비 날개의 농담(濃淡)도 모두 달랐던 날들,
나는 왜 나비 날개의 온도에 예민한가
짐작해보면 나는 내 의문이지만
내출혈하듯 얇은 가면이기도 했다
피를 흘리면서도 어둠이 익숙했기에
더 많은 얼굴이 필요했다
얼굴을 지우면 더 앙상한 얼굴이다
얼굴의 빈틈으로 내장이 밀려 나오기에
느티나무 그늘을 두텁게 발랐다
나무가 빌려준 나뭇잎은 눈썹뿐이어서
내 얼굴의 윤곽은 희미하다
어떤 표정에는 물결을 가진 이목구비가 있다
나비가 미묘한 곳에서 출발해야 한다면
얼굴이 바로 그곳이다
얼굴의 지층을 벗기니 날개였다
애벌레를 지나온 나비 떼,
나비 떼를 거쳐온 얼굴들,
내 얼굴의 불편한 퇴적층을 지우기 위해
나비 날개는 모두 그곳에서 생겼다

그림자 속에서 만져지는 뼈

밤늦게 닿은 읍내, 이정표가 없기에 두리번거리는 가로등이 명멸하는 소읍이다 밤안개의 혀를 가진 골목이 있다면 침묵에도 안개의 혀가 있다 고양이가 할퀴고 간 골목에는 전봇대 그림자가 무심하다 완강한 콘크리트 전봇대, 꿈틀거리고 짓물른 물질 깊이 박혀 있다 전봇대는 짐짓 부드럽게 그림자를 늘려 볼썽사나운 나에게도 기댄다 내 속에 있는 철근의 부패한 냄새를 맡은 것이다 모든 전봇대 그림자는 저마다 향일점을 찾아가는데 내 그림자를 흉내 내는 전봇대는 가련하다 낯설고 간절한 극(劇)을 원한다면 녹슨 철근과 비슷한 내 뼈만 한 것이 있을까 그들의 접촉은 부식의 느낌을 공유하기 위해서이다 내 뼈는 오래전부터 복화술을 배웠기에 그림자 속에서 휘파람 부는 뼈마디 하나 주운 것도 이상하지 않다

카메라 옵스큐라 중, 고독의 냄새들*

바깥 풍경이 바늘구멍을 통과해서 어두운 방의 바람벽에 매달렸다 풍경은 위로 아래도 없이 거꾸로 매달렸다

그게 눈물 같은 것이라면 인간에 가장 가까운 니힐리즘부터 먼저 벽에 비쳤겠다 풍경도, 고독도 이목구비라는 규모가 있어 앙상한 것들만 건너와서, 색이 바래거나 엷을 때도 있다 비로드 같은 고독은 자주 용서가 되었기에 풍경의 감광은 보이다 말다 했다

이탈리아의 포르타 씨가 이것은 미술이라고 말했을 때 풍경은 제 귀퉁이 고독의 폐선까지 미술사로 편입시켰다

마찬가지로 고독이 풍경에 기댄 얼룩을 습식 금속판에서 보게 되었다 아직도 고독의 윤곽은 모호하다 피처럼 선명한 색깔을 가진 풍경은 한참 후에 재현

이 가능할 19세기 이전, 눈물이나 고독이나 희미한 실루엣을 따라갔다 역상이 음화로 바뀌고 풍경은 가스등을 켜고 더 고독해졌다 풍경에서 고독을 찾아냈을 때, 고독의 풍경도 있다

* 카메라 옵스큐라는 '어두운 방'이란 어원에서 출발한 것으로, 어두운 방의 벽에 작은 구멍을 뚫고 그 반대쪽의 벽이나 막에 옥외의 실상을 거꾸로 찍어내는 장치로 카메라의 기원이다. 기원전 4세기부터 그 이론이 탄생하여 발전해왔다.

카메라 옵스큐라 중, 길의 운명*

풍경에서 뛰쳐나온 길이 카메라 옵스큐라의 좁은 바늘구멍을 통과했을 때 길은 현실을 버린 몽상가의 의식이었다 좀이 슨 그림처럼 벽에 길이 걸렸다 좌우 플라타너스가 있는 것은 다를 바 없지만 나무들 역시 수은 빛 가지를 부르르 떨고 있다 벨벳고양이 한 마리가 나뭇가지에서 뛰어내리지 못하고 우물쭈물 길의 눈치를 살핀다 소실점이 과녁처럼 분명해졌다는 건 길이 응고되었다는 것이다 길이 만져진다 오래된 양피지 묶음처럼 길은 우체부의 행낭 속에 들어가기도 한다 길의 근육은 약해지고 비명은 가늘어진다 리을 발음이 서툰 루게릭병의 유전 탓에 길은 어두운 실내에서도 유난히 창백하다 특히 폭이 좁은 길이 더욱 그렇다 길이 연결하는 흑백 석조건물은 아직 버티고 있지만, 그것 역시 돌돌 말리거나 납작해질 운명을 어쩌지 못한다 어쩌다 카메라 옵스큐라를 통과했지만 길은 항상 고독한 창문을 보여주었다 테러리스트의 흔적을 지우지 못한 길이다

* 카메라 옵스큐라는 '어두운 방'이란 어원에서 출발한 것으로, 어두운 방의 벽에 작은 구멍을 뚫고 그 반대쪽의 벽이나 막에 옥외의 실상을 거꾸로 찍어내는 장치로 카메라의 기원이다. 기원전 4세기부터 그 이론이 탄생하여 발전해왔다.

사막의 발자국들

며칠 내내 사막을 돌아다녔지만 새는 없다
모래 위의 새 발자국을 자주 만난다
새가 없기에 조류의 흔적은
상형문자에 가깝다
공중에 남기지 못한 발자국들이다
그 옆의 내 발자국마저 문자라면
사막의 서사(敍事)에 대하여 나는 부리로 설명해
야겠다
어제 새겨진 물결이지만 오래된 운명인 것은
내 뼛속을 거쳐 사막을 맴도는 바람이
제 앞날을 알기 위해 지우는 발자국이기 때문이다
새 역시 사막에서 떠돌기에
발자국의 길흉을 엿보는 중이다
바람 또한 발자국 없는 발자국을 남긴다고 적는다
사막의 발자국을 기억하여 연결하면
사막을 최초로 날아다녔던 시조새의 뼈가 만져진다

순례

　이틀 너머 고원에 걸어온 우리는 순례자들 사이에
섞였다 고원에는 녹모과 이끼류의 어슬렁거리는 오
체투지로 봄이 조금 왔다 바람과 말〔馬〕을 합친 깃발
의 사원뿐인 넓은 땅은 한 사람의 손바닥처럼 고요
하다 계곡 건너편, 금방 솟아난 첩첩 연꽃으로 무량
겁의 산이 세워졌다 산이라는 곡선이 능선까지 올라
가지 못하고 날카롭기만 하다 풀도 나무도 없다 오
직 먹물 가득 머금은 운두와 부벽의 준법(峻法)만 번
갈아 바뀌어간다 날지도 않고 울지도 않는 수천 마리
새의 풍화가 새겨진 돋을새김 때문에 아득해지는 중
이다 바람 소리 없으나 강물을 닮으려는 바람과 길을
기억하려는 바람이 서로를 밟고 있다 사소한 시선이
라도 이 높이에서는 구름의 채색을 닮는다 누군가 불
안 대신 예언을, 누군가 평화를 얻었기에 고원은 어
스름의 기척을 넘겨받았다 산의 등뼈에 붙은 녹슨 경
첩이 삐걱거리면서 모든 소리가 귀를 달았기에 바람
이 다시 드세진다 만상은 수줍은 결가부좌이다

산비탈 속속들이 다랑이밭이거나 가축이었던 촘롱 근처

빼곡한 다랑이밭들마다 꿈틀거렸다 가축의 되새김질이 저렇다 손발이 뭉툭하지만 곰살맞은 다랑이 짐승이다 야크에게 인간이 모르는 외로움이 있을 것이다 산비탈 일부는 다랑이밭이고 일부는 가축으로 개간되었다 밭고랑마다 햇빛과 부빈다 비좁아 서로 부대끼는 가축의 목에 풍경이 매달렸다 산비탈 물들이기 전에 누런색이었다가 분홍이었던 들끓는 초록들, 빛과 색이 깍지 끼는 산색이다 지난겨울 풍년을 따지는 귀갑문이 다랑이밭과 가축의 등에서 균열을 시작했다 야크 빼닮은 제전류(梯田類)의 얼굴이 순한 것도 놀랍지만 그 많은 식구를 다 가슴에 안은 산의 살림은 얼마나 더 불어나려나 산봉우리마다 일몰이 늙은 가계의 손들을 일일이 거두는 중이다

식구

간드룩은 해발 1천 5백여 미터의 히말라야 산간 마을이다 간드룩에게 난드룩은 계곡 건너편 마을이다 어스름 속에서 별이 돋아난다면 지상의 백열등이 먼저이다 이름을 부르고 싶은 별이다 처음 그 별은 난드룩의 어느 집 마당에서 히말라야바람꽃처럼 깜빡졸기 시작했는데 결국 하늘의 별들과 같은 마당을 사용했다 밤하늘이 넓어졌다 팔다리가 없는 별이 별빛으로 서로 포옹하는 평화가 넓어졌다 문득 마음껏 달리는 별똥별이 밤의 모서리에 빗금을 긋는 평화 속의 난드룩 또한 해발 1천 5백여 미터의 히말라야 마을이다 난드룩에서 간드룩으로 시집간 처녀와 시집온 처녀가 올망졸망 몇 대를 넘나들었다 난드룩 마을이 전기를 사용하기 시작한 것은 불과 몇 년 전이다 경사가 심한 개울물을 이용한 발전기 덕분이다 사람들은 처마 밑 전등을 밤새 켜놓는다 더 많은 별은 풍년의 약속이기에 별빛과 전깃불을 구별하지 않는다 별빛이 전깃불을 토닥거리는 것처럼 난드룩과 간드룩이 바람이나 구름이나 무언가의 손바닥을 빌려 밤새 서로 토닥거린다

말의 눈

눈동자가 달린 것들을 먹지 않는 사람들이 생겼다 허긴 나는 말의 눈을 먹었다 몽골에서 말고기를 먹으면서 나는 말의 외부였다 질경거리다가 문득 삼킨 말의 눈은 내 안에서 내내 동그마니 눈을 뜨고 있었다 말의 눈에 언어가 생긴 것은 아니지만 어떤 시선은 피할 수 없다 분명 말의 울음 같은 진부한 외면 때문에 천천히 씹지 못했다 미안하지만 두 개의 눈동자 중 하나는 내 입안에서 으깨어지면서 먹물이 튀자마자 삼켰기에 그 맛을 알지 못했다 눈의 전후사는 나에게 미각이기 전에 시각으로 기록 중이다 눈을 가려도 고기를 먹지 못하는 사람들이 있다 풀과 과일에도 눈이 있다는 것을 믿지 못하는 사람들도 있다 아직 내 배 속에 있는 눈동자 때문에 채식주의를 기웃거리기도 했다

사면불

벵골 보리수가 친친 감은 탑은 사면불이다 부처
와 나찰이 교대로 나타나는 얼굴, 이런 얼굴은 대체
로 무색무념이거나 또 그림자도 없다 오후의 햇빛은
사면불에서 광대뼈와 그림자를 지우고 윤곽만 강조
한다 그래도 나뭇잎의 넓은 평화가 깃든 것은 누구
나 나찰과 부처를 통과해야 하기 때문이다 부처에게
나찰의 얼굴이 필요한 것도 여느 사람과 다를 바 없
다 햇빛의 감전이 만드는 캄캄한 얼굴들, 역광이 세
우고 일몰이 비친 얼굴 속에 내 얼굴이 있다 귀면상
의 눈동자가 경험하는 것들을 나도 내 눈동자 속에
서 헤아렸다 내가 찾는 사람과 닮은 사면불을 오래
친견했다

구름의 비례

　절벽 위의 티베트 사원은 대체로 구름으로 지붕을 얽었다 구름 모자를 쓴 운모과 라마승들 사이 동자승의 재재바른 발걸음도 있다 그들은 구름의 시렁에 무시로 불구(佛具)를 올린다 그러니까 운해라는 말은 심금에서 절벽의 사원까지 펼쳐진 긴 두루마리 경전이다 종종 구름의 법명을 받아들인 스님이 있다 푸른색과 흰색이 부딪치는 결가부좌의 상형으로 목판본에 새겨진 티베트 장문(藏文)은 먹구름에 꽂아논 칼처럼 우렛소리를 낸다 겨울이 오면 라마승 일부는 칼과 문자를 떠메고 설산으로 떠난다 구름이 태어나는 행렬이다

호양나무 수림

　호양나무는 3천 년을 산다 살아서 천 년, 죽어서 선 채로 천 년, 그리고 쓰러져서 천 년이다 천 년을 보낸다는 건 전생에서 후생까지 되풀이한다는 것이다 흑수성 근처 고비 사막에서 호양나무 수림은 정처 없는 서하의 옛 문자를 더듬어 의성어를 얻었다 풍화와 침식을 반복하는 건 늙은 호양나무만은 아니겠다 평생에 단 몇 번 물길을 실어 보내는 와디라는 사막의 강도 있다 마지막 천 년을 보내면서 공복과 모래를 뒤섞는 나무에 기대면 사막의 시간은 참 미묘하구나 햇빛 많은 날, 해바라기씨를 까먹으면 옛 나라 옛 땅은 차츰 목질에 가까워져서 나무가 기억하는 건 나도 아슴아슴 떠올린다

춤을 부르는 소리, 구음(口音)

입속에 먼저 춤의 수심(愁心)이라도 있어야겠다
악보를 담았던 혓바닥 무논에 비친 초승달 따위의
풍류는 쓰고 달고 새콤하다 학춤의 사위가 오기 전
에 벌써 입안이 헐면서 얼얼했다 춤사위보다 먼저
마음, 마음보다 먼저 수류운공(水流雲空), 물은 흐르
고 구름은 흩어지는걸, 그러기에 춤마다 화들짝 소
매단이 곱다 나니나 나리룻 춤을 부르는 소리 구음*
에, 누운 소가 끔벅 되돌아본다 되놈 송장도 일어나
춤을 춘다 어허 춤을 촘촘하게 엮어내는 빛깔 좋은
공터 자락 구음 매듭마다 헛간의 도리깨가 어깨춤이
다 난장이다 벗님들 모여드는 난장이다 입담이 한바
탕 쑥대밭이라면 흰 도포에 검은 갓 차림새 동래 학
들이 천지 가득 몰려온다 양손을 너울거리는 구음,
발 드는 구음, 날개 펴는 구음, 날개 오므리는 구음,
좌우상하를 바라보는 구음, 배김새 구음이 학의 춤
사위를 솟구쳐 날게 한다 굿거리장단마다 목석의 몸
이 움찔움찔 굳기름 같은 마음이 싱숭생숭 마침내
못 볼 것을 보고야 만 어화, 세상 신명이 분탕질이다

* 시 속의 소리꾼은 동래학춤 구음 예능보유자인 유금선(1931~
2014) 선생이다. 구음은 거문고, 가야금, 피리, 대금 따위의 음을
입으로 흉내 내는 소리이다.
'누운 소가 돌아본다, 헛간의 도리깨도 춤을 춘다, 되놈 송장도 일
어나 춤을 춘다' 등은 구음 소리꾼의 능력에 덧붙인 찬사들이다.
'수류운공, 물은 흐르고 구름 흩어졌네, 풍류 고읍 동래 어화, 세상
벗님들이여' 등은 구음 소리꾼의 관용구이다.

금붕어 그림
── 가야금 산조*

언니가 다녀간 뒤, 몸이 오슬오슬 떨리더니 결국
신열에 들뜨네요 손가락 하나 옴짝할 수 없어도 왜
아픈지 아니까 육신 마디마디 꽂히는 열꽃들이 싫지
만 않아요 몸져 눕지 않았다면 이 열락을 어떻게 곰
곰 되씹을 수 있었겠어요 어젯밤 그림 속 금붕어 꼬
리가 천천히 움직이는 걸 곁눈질로 보았어요 언니
가 오기 전까지 어떤 산조에도 꿈쩍 않더니만 느린
진양조장단을 감싸며 천천히 움직이는 물고기 지느
러미 때문에 눈물이 왈칵 쏟아지네요 붉은색 꼬리
가 물고기 피보다 더 선연해지더니 붉은 비늘 흔적
을 뭉클뭉클 구름 토하듯 뱉어가면서 좌우로 움직이
네요 붉은색이 투명하도록 맑았어요 입춘에서 대한
까지 진양조의 이십사절기 속으로 금붕어는 맘껏 따
라오데요 중모리장단까지 금붕어가 뉘엿뉘엿 헤엄
치는 걸 보았어요 하지만 자진모리 매듭에서 갑자기
맥을 놓고 뻣뻣해지더니 그냥 잘생긴 금붕어 그림이
네요 언니 고언대로 아쟁과 철금 공부가 모자란 탓
이겠지요 아쟁의 아홉 줄을 거치면서 내 생 속으로

72

소리란 무엇이고 눈물이란 무엇인가라는 떨림이 들어왔어요 아직 철금의 인내와 높은 소리는 날것처럼 내 몸과 내외하지만 몇 년 더 회오리를 따라간다면 유성의 피륙 같은 휘모리도 엿볼 수 있겠지요 근데 몸이 이렇게 자주 어혈 속인데 금붕어 비늘마다 산조를 얹어볼 날이 언제일까요 늘 공부가 급할 때마다 언니만 찾으니 면목 없네요, 총총

* 중요무형문화재 제23호이며 김죽파류를 계승한 가야금 산조 및 병창 보유자 양승희의 인터뷰 "가야금을 타고 있으면 오만 가지 생각이 다 들었어요. 그래서 제가 좋아하는 운보 김기창 화백 그림책을 보면서 연습을 하고 있었어요. 운보 그림 중에 금붕어 그림이 딱 하나 있는데, 제가 휘모리를 타니까 금붕어 꼬리가 순간 빨리 움직이는 거예요. 제가 천천히 하니까, 꼬리도 천천히 움직이고요. 금붕어 꼬리에서 찰나의 경험을 한 거죠. 선생님께서 '혼이 가야금 줄에 떨어져야, 네 마음이 움직이고 남의 마음도 움직인다'고 하셨는데, 그 뜻을 알겠더라고요"에서 참조.

검은 창고

들판의 창고는 대체로 회색이다 녹색 창고만 해도 들판과 어울리지 않기에 적재가 쉽지 않다 회색 창고라면 편하겠지만 내가 본 것은 검은 창고, 고산족(族)의 다랑이논 옆에 있다 반추동물처럼 엎드렸는데 귀도 눈도 없이 느리기만 하다 먹거리 쟁여놓은 창고가 아니다 높이와 깊이가 필요한 고산협곡에서 바람을 선택한 검은색이니까 바람은 쉬이 창고의 기별과 겹친다 내가 원했던 검은색이다 야크의 털이 검은 게 아니라 그 시선이 어둡다 이목구비가 없는 것들에게 검고 깜깜하거나 거무죽죽하며 거무스름하면서 꺼뭇꺼뭇한 얼룩은 때로 몸이고 생각이다 또한 검은색은 늙은 손바닥의 색이다 산을 넘어야 하는 우편낭도 검은색이지만, 유서를 남기는 편지의 감정마저 검은색이다 밤의 결혼식을 보았다면 산과 저녁의 어름은 검은색 청혼을 먼저 지나왔겠다 입을 한껏 벌린 검은 짐승의 하품까지 모두 검은 창고에 보관된 유물이다

74

천상열차분야지도각석*

　고(구)려 태조 연간에 땅이 얼고 소나무가 말랐다
지상에서 가장 먼 곳까지 염문이 닿아 천여 개의 별
들이 정지했다 월식에 떠밀려 패수 북쪽 백성들이
삼한으로 이주했다 사리를 따지는 별들의 노래가 지
상에 모이면서 별들의 긍휼은 늘어났다 홍수가 끝나
별빛이 상감(象嵌)된 화강암이 깨끗해지자 석각 천
문도가 돋아났다 사실은 별보다 정밀한 것이 없고,
뜻은 해보다 명백한 것이 없고, 희로애락은 달보다
곡진한 것이 없다 다시 별들이 움직였지만 역병과
기근은 후대까지 전해졌다

　조선 태조 4년, 돌이 된 별들은 딱딱해져서 처량해
졌다 환과고독(鰥寡孤獨)은 헐벗은 별이다 도드라진
별은 구근까지 옮기고, 흩어지거나 희미한 별들도 천
문에 기대어 음악과 먹을 한껏 머금은 지도를 한 벌
만들었다 새 별은 돌 속에서 태평(太平)을 따라갔다

---

* 국보 제228호, 국립중앙박물관.

입원

의자의 어깨를 잡았다 지친 수컷의 표정이다 히말
라야시더 그림자가 오래 앉았던 의자이다 잔상이 얼
룩진 형광불 빛이 의자의 관절염을 무시하고 등을
부볐다 벽이 금 가는 신음이지만 이명과 닮았다 병
치레하는 인중이 긴 의자에 앉아, 의자가 두꺼워진
다는 건 무얼까 골몰하는 것과 창밖을 응시하는 충
혈된 눈초리의 차이가 없는 오후, 의자 위에 고인 햇
살의 가시를 발라야 하는데 내 열 손가락은 햇빛이
지나가면서 분홍만 남았다 저기 앉으면 의자의 미열
이 나에게 온다 그러기에 의자는 퀭한 환자 노릇에
손사래치고 백합 꽃병을 껴안고 있다 방금 삼킨 알
약의 효과만큼 의자의 손발은 차다 발목이 퉁퉁 부
은 철제 그림자가 떠받치는 의자의 일부만 내 몸을
걱정하고 있다

메아리라는 종족

메아리*라는 초록 번역기 앞에서 나는 종종 사랑의 입맞춤을 했다 사랑아, 소리쳐 불러보면 여름 산의 녹음기 속으로 번지는 메아리는 음울하다 내 말을 그대로 되감기만 하는 헛된 사랑은 울컥하는 소용돌이이다 어떤 골짜기는 쫑긋했겠지만 청맹과니 메아리 속에서 사랑은 흰 피를 가지고 있다 그렇지만 사랑을 번역할 때 자동기계의 목소리는 혼곤하여서 나는 다시 골짜기를 쳐다본다 메아리라 여겨졌지만 사랑은 나무에 새기는 나이테와 다르지 않아 흔적만 남는다 초록에 적시는 사랑이라는 말의 다른 표정이 필요해서 나도 메아리를 부른다 굵기가 다른 연필, 색깔이 다른 알약을 움켜쥐면서 내 육신마저 메아리를 닮아 환청이 더 많다

* 오비디우스의 『변신이야기』 제3권에 담긴 「나르키소스와 에코」를 차용했다.

메아리

　인적 없는 벌거숭이 민둥산에게도 메아리가 있다
천 개의 메아리가 깃든 목울대를 찾는다면 그늘 쪽
이다 눈썹 찡그린 메아리가 병치레 같은 파스텔을
칠하는 메아리, 근심을 떠나지 못하는 메아리의 실
랑이를 만나기도 한다 흔적 없는 메아리에게도 비
로드의 대구(對句)가 있다 응달에서 웃자라는 풀잎
들이 목 쉰 채 서걱거리며 메아리의 후렴 부분을 돕
는다 메아리는 물소리 같은 음각이어서 쉬이 잡히지
않는다 민둥산 메아리를 애써 찾는 사람은 표정이
밝지 않다 그가 메아리의 주인은 아니지만 메아리의
단파 주파수는 아직 널리 알려지지 않았다 메아리
라디오에 귀 기울이면, 메아리가 무언가를 토한다는
것도 아직 비밀이다

지하실

　지하실 문을 잠글 때 잠시 머뭇거린다 양치식물을 가두어버린 후회가 있다 신발 속 짓무른 애벌레도 꿈틀거렸다 불을 끄고 지하실에 잠시 서서 메아리가 어떻게 탄생하는지 짐작한다 지하실의 지하실을 상상하는 것처럼 예의 고동과 맥박의 감정이 모태이다 원경도 근경도 사라지는 어둠이다 어둠과 지하실은 서로를 빌린다 서로의 활주로가 생기는 것이다 별자리가 깜깜한 세상을 필요로 했다면, 지하실 천장에 푸른곰팡이가 번진 항로 또한 간절했지만 아직 내 지하실의 별은 돋아난 적이 없다 빛이거나 소리의 틈새가 있기 때문이다 경첩 소리가 요란하지만 감정이 새어 나오는 지하실이다 계단까지 따라와서 손가락질하는 어둠이다

울고 있다

장례식장 입구 골목에서 여자가 울고 있다 좁은 골목은 몇 번이나 차들이 뒤엉키면서 비린내를 반복했다 여자의 소복은 가로등에 부담이다 희부연한 가로등 불빛이 그 울음을 두 손으로 다 움켜쥐지도 못했다 울음이 점점 길어지자 가로등은 한숨 쉬며 불을 켰다 껐다 반복하면서 여자의 주위를 맴돈다 골목 그림자의 인중이 더 길어졌다 그 울음 곁에 굴건 쓴 사내가 다가갔다 그리고 금방 여자의 울음이 그쳤다 당신은 당신을 찾는 사람과 닮았다는 말이 얼핏 귓가에 맴돌았다 그 울음이 골목을 벗어난 건 아니다 하지만 그렇게 내가 당신의 울음이거나 당신이 내 울음이란 요철이 골목에 생겼다고 들었다

얼굴/얼룩의 반성

화장실의 전등을 바꾸었다 변기가 앉으려 하고 샤
워기가 몸을 씻는다 수도꼭지가 구역질을 한다 근육
질의 불빛이 허리를 굽히자 화장실이 부산해진다

하지만 변기 뒤쪽 또는 타일 모서리가 솟아나면서
곰팡이도 깍지 풀고 번들거리고 있다 얼룩의 반성이
다 위층의 발소리가 천장에 프린트될 만큼 가깝다
배수구의 머리카락은 또 어디로 자랄 것인가

밝은 불빛 때문에 내 목이 가늘어지면서 어두운
내용이 앞을 다툰다 흉터와 주름이 서로 밀치고 있
다 거울은 분명 슬픔만 허락한 듯, 얼굴이라는 말은
외부가 아니라 내부를 향해야 한다고 속삭이는, 낯
선 얼굴이 거울에 도착했다

유령

잡목 숲의 유령들,
대체로 유령은 흰옷을 걸치고
이목구비가 엷어지는 중이다
흰 꽃잎이 스산해서
누구라도 나무의 유령은 피하기 마련이다
향기 때문에 꽃 핀 나무 아래 서 있으면
갑자기 바람 불고 꽃잎이 휘날린다
때로 희고 때로 붉은색이 먼저인
천 개의 손이 악수를 청하면 섬뜩하지만,
꽃향기 너머 더 무서운 것이 있다
산벚나무 유령에 휘감기는
탈색의 정념들,
질투도 없이 욕망도 없이
희고 도드라지기에
산벚나무는 천 개의 눈을 떴다

기척

가을 숲에서 툭,
두리번거리던 알밤이 떨어진다
청설모 그림자가 먼저 다가선다
내 시선에도 그림자가 생긴다
서로 닮아가는 무게이니
고요의 눈썹을 달고 있다
참나무잎이 낙하하여
풀숲에 떨어진다는 것이
내 안에 눕는다
숨소리가 마중 나간다
그 짝짓기에는 높낮이도 없이
서로의
손가락이 가지런히 닿아서 젖는다

검은 2인칭의 시

신 형 철

1. 긴장, 감각, 풍경

우리 모두의 한국어는 같지 않다. 이것은 좋은 소식이다. 단순하고 폭력적인 한국어들에 숨이 막힐 때 섬세하고 고귀한 한국어 쪽으로 탈출할 수 있다는 뜻이기 때문이다. 1990년대 후반의 어느 날 송재학의 시를 처음 읽었을 때 내가 그의 시를 깊은 곳까지 들여다본 것은 아니었지만 그의 한국어가 매우 개성 있는 것임을 못 알아볼 수는 없었다. 이후 십수 년 동안 그의 한국어는 점점 더 고유해졌고, 이제 그의 시는 이름을 가리고 읽어도 가끔은 알아맞힐 수 있을 만큼 특유의 스타일로 써어진다. 작품의 단위에서 고유한 시인들은 꽤 있지만, 문장 단위에서 이미 독자적인 사람은 극히 드물다. 그 극소수의 시인 중

하나가 송재학이라는 사실을 무슨 나만의 비밀이라도 되는 듯이 이렇게 한번쯤은 말해보고 싶었다.

> 화두(花頭) 문자로 씌어진 편지를 읽으려면
> 예의 붉은별무늬병의 가시를 조심해야 하지만
> 장미과의 꽃나무를 그냥 지나칠 순 없다
> ──「명자나무 우체국」 부분, 『진흙 얼굴』,
> 랜덤하우스중앙, 2005

예컨대 문득 펼친 옛 시집의 이런 구절 앞에서 나는 반갑다. '~하려면, ~해야 하지만'의 구조를 갖는 구문은 이 시인의 버릇과도 같은 것이어서 나로서는 이를 '송재학 조건문'이라고 부르고 싶을 정도다. 한국어에서 문장을 이어가는 방식에 대한 언어학적 고민으로부터 시작된 시도가 아닐까 짐작해본다. 단문(短文)으로만 끊어가는 것은 단조롭고, 그렇다고 '그리고'나 '그래서' 따위로 잇대어나가는 것도 마뜩잖아서, 한국어의 어미(語尾)를 다양하게 활용하여 문장을 이어나갈 방법을 찾다가 마침내 얻은 말투가 아니었을까. 그가 A도 잘 모르고 B는 더 모르는 우리에게 'A하려면 B해야 하지만'이라고 당연한 것을 말하듯이 말할 때, 딱히 필요하지도 않은 대목에서 이 구문을 절묘하게 사용할 때, 그의 문장은, 가장 사소한 것들의 도(道)를 집요하게 준수하는 어떤 심미적 수행자의 섬세한 동작처럼 보인다.

그뿐인가. 문득 시작하고 돌연 끝내버리는, 그래서 부분적으로는 극도로 섬세하지만 전체적으로는 단호한 구조, 또 '돈을새김'이니 '몽리면적'이니 하는 네 글자 전문용어(의미를 새기기 이전에 발음에 먼저 매혹되는!)에 대한 유난한 편애, 그리고 서정적 추정을 시도하고 싶을 때 '~일 것이다' 말고 '~이겠다'를 써서 생기는 묘미 등이 다 그의 것이다. 그 특유의 스타일은 세번째 시집인 『푸른빛과 싸우다』(문학과지성사, 1994)에서 본격화되었고 뒤이어 출간된 『그가 내 얼굴을 만지네』(민음사, 1997)에서 또렷해졌으며 그다음 시집인 『기억들』(세계사, 2001)에 이르러 거의 완성되었다. 이 시집들에 실린 '시인의 말'은 그가 자신의 기질(스타일)을 스스로 논리화해보려고 고심한 흔적들이다. 이제 와 다시 읽어보니, 자신만의 한국어를 발견해나가던 중인 시인의 조심스러운 자신감이 행간에 박동하고 있음을 느끼겠다.

긴장이란 내 글의 속셈이기도 하다. 가장 바람직한 시란 노래말이리라 믿는 나에게 긴장이란 노래말까지의 旅程이다. 아니 노래란 나에게 너무 무거워서 어울리지 않는다. 내가 걸러내고 따지고 깎아내고 싶은 것은 노래 바로 전의 단순하고 소박함이다.

　　　　　　　　　　──「시인의 산문」 부분, 『푸른빛과 싸우다』

지난 몇 년 동안 내가 따라갔던 애매성의 공간에 명쾌함을 부여하려고 노력했지만, 어쩔 수 없이 내 서투른 노래는 그 공간에 더욱 사로잡힐 뿐이다. [……] 내 생각을 덧붙이자면 흰색과 격렬함을 집어삼킨 분홍빛에 내 시를 헌정하고 있다는 느낌이다.

　　　　　　　　　　　　　—「자서」 부분, 『그가 내 얼굴을 만지네』

　　앞의 인용문에서는 '긴장'의 불가피함에 대해 말했다. 인용하기 새삼스러운 오래된 이론이지만, 시에서 긴장tension이란 앨런 테이트Allen Tate 이래로는, 외연(extension, 문자적 의미)과 내포(in-tension, 비유적 의미) 사이에서 발생하는, 힘의 팽팽한 균형 상태를 뜻한다. 송재학 시의 유난한 긴장은 시인 자신의 말에 따르면 시의 궁극적 지향점인 "노래"의 '단순함과 소박함' 이전 단계에 해당되는 것이다. 모든 시의 꿈은 노래이겠으나(송재학이 염두에 두고 있는 노래란 '향가' 같은 것이리라), 어떤 시인도 노래로 질러갈 수는 없다. 극도의 긴장 국면을 통과해야만 진정한 노래에 가닿을 수 있다는 것, 거꾸로 말하면, 모든 진정한 노래의 힘은 극도의 긴장을 (회피한 것이 아니라) 관통한 결과로 얻어진다는 것. 그러므로 당시에 송재학은 제대로 가고 있었고, 불가피한 단계를 통과하고 있었던 것이다.

　　뒤의 인용문에서는 '감각'에 대한 집착을 고백했다. 감각적 지각은 주관적인 것이어서 믿기 어렵지만, 거꾸로 말하면, 바로 그렇기 때문에 그 체험은 오직 나만의 것이 될 수 있다. 분홍색이라는 감각적 데이터에서 "흰색을 벗어나려는 격렬함"(「흰색과 분홍의 차이」, 『그가 내 얼굴을 만지네』)을 느끼는 일은 얼마나 제멋대로이면서 또 얼마나 매혹적인가. 이와 같은 감각의 세계를 시인은 "애매성의 공간"이라 부른다. 시인은 애매성의 공간에 명쾌함을 부여하려 노력했다고 적었는데, 그것은 애매함을 제거하고 명쾌함을 남기려 했다는 뜻이 아니라, 애매함의 구조를 명쾌하게 보여주려 했다는 뜻이다.[1] 그것은 우리가 이 세상에 존재하는 애매성들을 척결하지 않고 수호해야 할 이유가 있음을 알려주는 일이기도 하다. 이 시기의 송재학은 시가 바로 그런 일에 헌신해야 한다고 믿었다.

　요컨대 (노래로 가는 도정으로서의) '긴장'과 (명쾌하게 애매해지기 위한) '감각'이 송재학 시의 두 축이었다.[2] 이

---

1) 내가 하고 싶었던 이런 이야기를 권혁웅이 이미 잘 정리해주었다. "애매함을 명료함으로 대체하겠다는 뜻이 아니라, 더욱 '명료하게 애매하겠다'는 뜻이다. '명료한 애매함', 우리는 이를 '섬세함'이라 부르는데, 실로 송재학의 시는 그런 섬세함의 교과서와도 같다."(「죽음과 형식」, 『내 간체를 얻다』, 문학동네, 2011, p. 78)

2) 전자에 대해서는 시인 자신이 사용한 "긴장의 시학"(『풍경의 비밀』, 랜덤하우스코리아, 2006, p. 170)이라는 명칭을 기억해둘 만하고, 후자에 대해서는 최근 맹문재 시인과의 인터뷰에서 한 다음과 같은 발언을 인용해보면 좋을 것 같다. "감각이야말로 사물의 본질에 가장 가깝게 다가가는 방식이라고 생각합니다. 사물의 외형은 사물의 내면이라는 생각. [……] 시의 비밀은 모두 사물에 내재해 있다는 점에서 시의 출발점은

방법론은 앞에서 말했듯이 『기억들』에서 원숙해진다. 이 시집에 실린 시인의 산문 「사물은 보여지거나 만져지거나 냄새를 통해 나와 비슷해진다」는 그때까지의 시론을 중간 정리하는 성격을 갖는데, 그 글의 1절과 2절의 제목이 각각 '감각'과 '긴장'인 것은 필연적이라 해야 할 것이다. 안 그래도 애매한 '감각'의 세계를 안(내포)과 밖(외연)의 팽팽한 '긴장' 속에서 노래하였으니 시는 점점 더 어려워졌지만, 그는 이제 견고한 시론 덕분에 웬만해서는 시를 못 쓰기가 어려운 시인이 되어버려서, 『진흙 얼굴』과 『내간체를 얻다』로 이어지는 시기에는 그의 한결같은 시적 성공이 지루하게 느껴질 지경에 이르고 말았다. '긴장'과 '감각'에 더해, 그의 직전 시집인 『날짜들』(서정시학, 2013)에서는 이제 '풍경'과의 오랜 관계가 새삼 화두가 된다.

오래전 나는 풍경이 내 몸의 연대라고 생각해왔다. 처음 풍경에 대한 자각은 풍경이 몸의 연속이라는 성찰 이후였는데 다시 풍경에 대한 내 생각은 몇 년을 더 기다려 풍경 또한 내 속의 잠재태라는 의식을 다시 한 번 더 숙고해야 했다.
　　　　　　　　　　　　——「시는 사물 속에 이미 존재했다」

사물에 관한 철저한 인식에 있을 겁니다. 그 통로로 저는 감각을 찾은 것입니다."(「대구(對句)를 몸에 들이다」, 『서정시학』 2013년 가을호)

어려운 이야기다. 시인은 윤춘년(1514~1567)의 '성율론(聲律論)'이 이런 자각의 도화선이 됐다고 적었다. 윤춘년은 우리가 문자 예술인 시에서 어떻게 음률을 감지할 수 있는가(즉, 귀가 아니라 마음으로 어떻게 소리를 들을 수 있는가?), 하는 난제를 탐구한 이다. 그의 말은 이렇다. "내가 궁(宮) 소리를 듣는 것이 아니라 내 몸 속의 궁 소리가 외부의 궁 소리에 상응하는 것이며, 내가 상(商) 소리를 듣는 것이 아니라 내 몸 속의 상 소리가 외부의 상 소리에 상응하는 것이다. 나는 그 소리를 들으려는 의식이 없음에도 불구하고 마음이 저절로 그 소리를 듣는 것이다."(「文斷序」)[3] 달리 말하면, 마음으로 소리를 들을 수 있는 것은 마음속에 이미 소리가 있기 때문이라는 것이다. "그러니 마음이 소리를 듣는 것이 아니라 마음 자체가 마음을 듣는다고 해야 할 것이다."[4] 주체와 객체의 구별을 무너뜨리는 기묘한 논리다.

이 논리를 풍경에 적용하면 어떻게 될까. '주체인 내가 객체인 풍경을 보는 것이 아니다. 내 안에 이미 풍경이 있

---

3) 관심이 있는 분들은 송재학 시인이 참조한 논문을 직접 읽어보면 된다. 안대회, 「윤춘년의 성율론과 한시의 음악미」, 『韓國 漢詩의 分析과 時角』, 연세대학교 출판부, 2000, p. 288. 윤춘년의 발상을 송재학은 한시에서 이렇게 변주하기도 했다. "까마귀가 울지만 내가 울음을 듣는 것이 아니라 내 몸 속의 날것이 불평하며 오장육부를 이리저리 헤집다가 까마귀의 희로애락을 흉내내는 것이다"(「사물A와B」, 『진흙 얼굴』)
4) 같은 책, p. 286.

다. 내부의 풍경이 외부의 풍경을 만나 상응(相應)하는 것이다. 즉, 풍경이 풍경을 보는 것이다.' 앞에서 인용한 송재학의 말은 이런 맥락에서 읽어야 이해할 수 있다. 이전에 그는 풍경이 "내 몸의 연대"라고 생각했는데 이제는 "내 속의 잠재태"로 느껴진다고 적었다. 가까스로 이해하건대, 풍경에 대해 시를 쓴다는 것은, 주체인 내가 외부의 풍경을 발견하고 그것과 '연대'하는 것이 아니라(이때 풍경은 나의 '연속'이고 '확장'이다), 내가 외부에서 만난 풍경은 이미 내 안에 '잠재태'로 존재한 것일 뿐이어서 애초에 안과 밖이 따로 있지 않다는 것(이때 풍경의 발견은 언제나 '재발견'이고 나 자신으로의 '복귀'다). 정리하기는 간단하지만 실감하기는 쉽지 않은 어려운 경지인데, 특히 이번 시집『검은색』을 읽을 때 내내 곱씹을 이야기다.

2. 2인칭 시와 원인의 형이상학

시 역시 소설처럼 '인칭'을 기준으로 분류해볼 수 없을까. 1인칭 시는 주체(나)에 대해 말한다. '고백'의 형식을 택하여 '정서'를 생산한다. (이것이 가장 본질적인 시 형식이다. 뒤에 말할 두 형식은, 다른 장르, 즉 비평과 소설의 요소를 부분적으로 취한 것이다.) 2인칭 시는 대상(너)에 대해 말한다. '탐구'의 형식을 택하여 '인식'을 생산한다. 비평적 요소를 갖는 시 형식이다. 3인칭 시는 세계(그/그녀/그것)에 대해 말한다. '서사'의 형식을 택하여 '(또 하나의) 세계'를 생산한다. (변혁되어야 할 부정적 세계를 그리건, 도달해야 할 이상적 세계를 그리건 말이다.) 말할 것도 없이 이는 소설적 요소를 끌어들인 시 형식이다. 이와 같은 분류는 당연히 상대적 배치를 위한 것일 뿐이다. 1920년대 중후반에서 1930년대 초입에 쓰인, 소월과 만해와 이상의 (특히 일본어로 씌어진 초기의) 시를 차례로 각 인칭의 선구자라 한다면, 이 역시 상대적으로만 그렇다고 해야 한다.

내 관심사는 각 인칭의 시들이 품고 있는 근원적인 욕망의 정체다. 1인칭의 시인이 나를 고백할 때, 그것의 배후에 있는 것은 '나는 이해받고(사랑받고) 싶다'라는 욕망이다. 심지어 자기 자신을 이해할(사랑할) 수 없는 괴물로 그릴 때에도 그렇다. 2인칭의 시인이 너를 탐구할 때 그가 원하는 것은 '너를 소유하고 싶다'라는 것이다. 너는 나만의 것이 아니지만 내가 인식한 대로의 너는 오직 나만의 너이기 때문이다. 3인칭의 시인이 또 하나의 세계를 창조해내는 것은 '세계를 바꾸고 싶다'는 욕망 때문일 것이다. 비참한 세계를 고발하거나 이상적 세계를 꿈꾸는 작업은 그 욕망의 앞뒷면이다. 그렇다면 세 유형의 시가 갖는 위험도 다 다를 것이다. 1인칭의 시는 나르시시즘으로 흉해질 수 있고, 2인칭의 시는 대상에 대한 폭력이 될

수 있으며, 3인칭의 시가 긴장을 잃으면 보고서나 망상이
될 수 있으리라.

　송재학의 시를 1인칭의 시라고 말할 수는 없다. 그의
시에는 희귀할 정도로 나르시시즘이 없는데, 그것을 이
토록 철저하게 통제하는 시인도 드물 것이다. 3인칭의 시
라고 할 수도 없다. 실제로 그가 서사 구조를 갖춘 이야기
를 들려주는 경우는 많지 않은데, 그가 구사하는 정도의
긴장도를 갖는 문장으로는 이야기를 하는 일이나 듣는
일 모두 노고(勞苦)가 될 것이라고 짐작할 수 있다. 그러
니까 1인칭도 3인칭도 아니다. 그의 욕망은 내면에 뭔가
중요한 것이 있어 그것을 드러내야겠다고 생각하는 (1인
칭 시의) 욕망이 아니라, 내면이 비어 있다고 느끼는 갈증
때문에 거기에 무언가를 채우려는 욕망이다. 또 그의 욕
망은 세계를 바꾸고 싶다는 (3인칭 시의) 욕망이 아니라,
이 세계의 깊이를 다 파악하고 싶다는 욕망이다. 즉, 그
는 본질적으로 2인칭의 시인이고, 그의 시는 대부분 대상
(너)에 대한 집요한 탐구의 결과물이다. 그의 최근 시학
을 전형적으로 보여주는 시 한 편을 먼저 본다.5)

———————————

5) 이 시는 『문학동네』 2009년 겨울호에 발표되고 이듬해 제25회 소월시
문학상 대상을 수상한 6년 전 작품이니 '최근 시학'이라는 말이 머쓱하기
는 하지만, 『진흙 얼굴』 무렵부터 송재학은 이와 같은 형태의 한 단락짜
리 산문시를 자주 쓰고 있어 이 시를 송재학 시의 한 전형이라고 해도 틀
린 말은 아니다.

허공이라 생각했다 색이 없다고 믿었다 빈 곳에서 온 곤
줄박이 한 마리 창가에 와서 앉았다 할딱거리고 있다 비 젖
어 바들바들 떨고 있다 내 손바닥에 올려놓으니 허공이란
가끔 연약하구나 회색 깃털과 더불어 목덜미와 배는 갈색
이다 검은 부리와 흰 뺨의 영혼이다 공중에서 묻혀 온, 공중
이 묻혀준 색깔이라 생각했다 깃털의 문양이 보호색이니까
그건 허공의 입김이라 생각했다 [……] 공중이 비워지면서
허공을 실천 중이라면, 허공에는 우리가 갖추어야 할 것들
이 있다 바람결 따라 허공 한 줌 움켜쥐자 내 손바닥을 칠갑
하는 색깔들, 오늘 공중의 안감을 보고 만졌다 공중의 문명
이란 곤줄박이의 개체 수이다 새점(占)을 배워야겠다

—「공중」부분

허공에도 색이 있는가? 시인은 원래 없다고 믿었었다.
그런데 어느 날 곤줄박이 한 마리가 창가에 와 앉아 있는
모습을 보다가 그날로 그의 생각이 바뀌었다. 그 작은 새
는 회색의 깃털과 갈색의 몸통을, 검은 부리와 흰 뺨을 가
졌다. 그 다채로운 색깔들이 "공중에서 묻혀 온, 공중이
묻혀준 색깔"이라는 데 생각이 미치는 순간 이 시는 탄생
했다. 게다가 곤줄박이 말고도 새는 많지 않은가. 그러니
"허공의 색을 찾아보려면 새의 숫자를 셈하면 되겠다".
공중의 온갖 소리들["소리 일가(一家)"]이 여러 새의 울
음소리로 골고루 나누어진 것이라 생각해볼 수 있다면,

같은 이치로, 공중에는 색이 없는 게 아니라 아주 다채로운 색들이 있어 그것이 온갖 새들의 빛깔로 분산돼 있는 것이겠다. 그렇다면 공중은 가만히 있는 것이 아니라 아주 바쁘게 자기 자신을 실현하는 중이라고 해야 한다. 시인은 이를 두고 공중이 "허공을 실천 중"이라 했으니 그럴듯하다. 그리고 다음 구절을 이 시의 절정이라고 하자. "바람결 따라 허공 한 줌 움켜쥐자 내 손바닥을 칠갑하는 색깔들".

2인칭의 시란 이런 것이다. 이제 우리는 곤줄박이의 혹은 다른 새들의 다채로운 색깔을 보면서, 또 온갖 새들의 제각각 아름다운 울음소리를 들으면서, 그들에게 그 빛깔과 소리를 부여한 허공의 빛깔과 소리의 규모를, 즉 공중이라는 '문명'의 규모를 추론할 수 있게 되었다. "공중의 문명이란 곤줄박이의 개체 수이다". '너'(공중 혹은 곤줄박이)에 대한 탐구와 해석으로 이런 인식을 얻었다. 이 인식은 이 시 안에만 있다. 달리 말하면 이런 '공중'은 송재학의 시 안에서만 이와 같은 방식으로 존재한다. 앞에서 2인칭 시의 근원적 욕망은 일종의 소유욕일 것이라고 했다. 나는 소유욕이라는 말을 부정적으로 사용하고 있지 않다. 좋은 2인칭 시에서 소유는 독점이 아니다. 공중의 일면을 인식할 때 시인 자신만의 공중이 탄생하고 바로 그것을 자신이 가진다. 모두가 제 자신의 공중을 가질 권리가 있으며 2인칭 시는 타인의 권리를 빼앗지 않는다.

좋은 2인칭 시의 본질 중 하나가 여기에 있다. 가져온 것이되 빼앗은 것은 아닌, 그런 소유. 이런 종류의 소유가 또 있는가. 독서를 통한 소유가 그에 비견될 수 있지 않을까. 송재학이 풍경을 대상으로 쓴 시가 다른 많은 시인들과는 달리 거의 실패 없는 깊이에 도달하는 이유가 이와 관련이 있다고 생각한다. 그는 풍경을 텍스트처럼 해석한다. 비평가가 특정한 작품을 독자적으로 해석하면서 그만의 작품 하나를 가지듯, 송재학은 풍경이라는 작품을 해석하면서 그것을 가진다. 여기서 2인칭 서정시에 흔히 제기되는, 자연을 인간중심적으로 전유하는 시선······ 운운하는 비판은 끼어들기 머쓱해진다. 그는 오히려 보란 듯이 가장 단호하게 인간중심적 해석을 실천한다. 그 일이 어찌나 섬세한 상상력에 힘입어 이루어지는지, 그가 자신의 해석을 건조한 보고서의 어조로 무슨 물리학적 진리인 듯 가차 없이 말해도 우리는 거부감을 느끼지 못한다.

사람의 말과 나무의 말은 다르다 사람의 말이 공중에 번지는 소리의 양각이라면 나무의 말은 소리를 흡입하여 소리의 음각을 만든다 공중의 소리 일부를 흡입하면서 만들어낸 펀칭 카드를 통한 나무의 대화법은 고요의 음역(音域)이다 성대가 없는 나무들에게 잎과 수피의 자잘한 구멍을 통한 소리의 들숨이야말로 맞춤한 점자법이라면 나이테는 소리에 대한 지문이겠다 [……] 나무들이 새긴 소리의 지형은 쉬이 사라지지 않기에 나무의 대화는 명상록으로 유전된다 책으로 묶은 소리책은 낙엽과 함께 퇴적된다 목간에 고이는 소리는 나무의 발전에 보태어진다 그 소리 또한 나무 속에서 묵언을 배운다 그러고도 남은 소리는 잎들이 서로 부빌 때 혹은 잎들이 바람에 일렁일 때 사용된다 나뭇잎들이 자주 겹치는 것은 소리의 아가미에 해당되는 것이다

───「나무의 대화록」부분

「공중」에서는 허공에도 색이 있다더니 이 시에서는 나무도 말을 한다고 한다. 사람의 말이 소리의 "양각"이라면 나무의 말은 "음각"이라고 했다. 표현하고자 하는 부분을 파내서 나머지 부분이 까맣게 찍혀 나오는 것이 음각이다. 소리로 치자면 '침묵함으로써 말하는' 상태쯤 될 것이다. 그래서 시인은 이를 두고 "나무의 대화법은 고요의 음역"이라 했다. 여기까지만 해도 그럴듯한데, 나무가 책이 되면 점입가경으로 나무의 '침묵 – 말'이 책 속에 담길 것이라는 상상(해석)에까지 이른다. (책에서 나무의 말소리를 듣다니!) "나무들이 새긴 소리의 지형은 쉬이 사라지지 않기에 나무의 대화는 명상록으로 유전된다". 책 속에 스며들고 남는 소리도 있을까? "잎들이 서로 부빌 때 혹은 잎들이 바람에 일렁일 때" 나는 소리가 바로 그것.

그런데 "나뭇잎들이 자주 겹치는 것은 소리의 아가미에 해당되는 것"이라는 말은 또 무슨 뜻일까. 나뭇잎들은 각자의 소리를 숨처럼 내쉬어야 하기 때문에 그렇게 서로 포개진다는 것.

텍스트를 해석한다는 것은 작품 내부의 인과관계를 밝혀낸다는 것이다. 풍경도 마찬가지여서 풍경 내부의 인과관계를 상상할 때 시인은 '원인의 형이상학자'가 된다. 옛 철학의 용어로 말하자며 '피시스(자연)'의 '아이티온(원인)'을 상상하는 일. 주지하다시피 아리스토텔레스는 『형이상학』의 5권 2장 '원인aition'에서 운동의 원인을 네 가지로 나눴다. 재료인, 형상인, 작용인, 목적인. 철학개론에 나오는 사례는 이렇다. '비가 내리는 이유는?' 거기 수증기가 있었는데(재료인), 그것이 대기 속에서 냉각되자(작용인), 아래로 떨어지는 물의 본성 때문에(형상인) 비가 내린다는 것. 아직 하나의 원인이 남았다. 비과학적이기 때문에 오히려 아름다운 그것은 바로 목적인이다. '비가 내리는 이유? 땅이 목말라하기 때문!' 바로 이곳이 시인의 영역이다. 곤줄박이의 색이 그와 같은 까닭에 대해서는, 또 나뭇잎이 자주 포개지는 원인에 대해서는, 시인 송재학이 가장 잘 안다.

3. 예술로서의 자연, 자연으로서의 예술

요컨대 대상을 탐구하는 2인칭 시가 자기만의 대상을 소유하는 데 성공하는 순간은 '원인의 형이상학'이 고유하게 개진되었을 때다. 그 작업이 성공적일 때 독자는 모든 대상(자연 혹은 풍경)의 운동이 나름대로의 목적(인)을 가지는 것임을 깨닫게 된다. 달리 말하면 2인칭 시에서 대상은 시인의 상상력을 통해 '합(合)목적적인' 것으로 드러난다. 풍경에서 합목적성을 발견해내는 일은 곧 풍경을 예술 작품으로 만드는 일이다. 본래 예술 작품이란 '특정한 목적에 종속되어 있지 않으면서도 내재적으로 어떤 목적에 부합하는 것처럼 보이는' 어떤 것이기 때문이다. 방금 한 말은 본래 옛 철학자의 말인데 원문을 옮기면 다음과 같다. "미는, 대상에서 합목적성이 목적을 표상하지 않고도 지각되는 한에서, 그 대상의 합목적성의 형식이다."(칸트, 『판단력 비판』 §17) 저 유명한 '목적 없는 합목적성'의 원칙 이야기다. 그와 같은 속성을 갖고 있을 때 대상은 '아름답다'고 여겨진다.

미학 개론에 나올 법한 이야기를 새삼 되풀이한 것은 송재학 특유의 시적 버릇 하나가 이와 관련 있기 때문이다. 앞에서 「공중」을 인용할 때 내가 생략한 대목에는 "허공은 아마도 추상파의 쥐수염 붓을 가졌을 것이다 일몰 무렵 평사낙안의 발묵이 번진다"라는 구절이 포함돼 있었다. '평사낙안(平沙落雁)'이란 '모래펄에 날아와 앉은 기러기'라는 뜻으로, 글씨나 문장이 매끈하게 잘된 것을 비유적으로 이르는 말이라 한다. 허공은 붓을 가졌으며 그것으로 색칠을 하는데, 일몰 무렵 하늘을 보면 허공의 발묵(潑墨) 솜씨가 추상파 스타일로 일품이라는 것. 즉, 자연은 예술가고 그 자신이 예술 작품이라는 것이다. 송재학의 시에서 이런 발상이 산출한 표현을 찾는 것은 매우 쉬운 일이다.[6] 예컨대 환한 달을 보고 '탁본해서 가져가고 싶다'는 생각을 해본 적이 있는지. 아래 두 편의 시에서는, 생각만 하는 것이 아니라, 실제로 한다. 달 자체가 예술인데 그것을 탁본하는 상상력도 예술이다.

  전날 밤은 흐려서 습탁이 맞춤이었다 달은 이미 흥건히

---

6) 다 옮겨 적기에는 그 사례가 너무 많다. "반짝거리니까 껍질과 속살 사이 유채밭 경작지가 자꾸 넓어지고 있다 두꺼운 목판본 바람까지 밀봉되었다"(「야크 똥」), "씻긴 뼈 같은, 해서체 삐침 같은, 벼린 낫의 날 같은, 탁본 흉터 같은 것이 새털구름을 징검징검 뛰어 눈 속을 후비고 들어왔을 때"(「구름장(葬)」), "눈썹 흰 싸락눈이 참먹을 품고 휘날린다/동이 쎄 먹물을 퍼부어 찍어봐도/목판화 원본과 자꾸 달라지는 강의 그림자이다"(「목판화」), "얼음 아래 물의 이야기를 수초는 느린 방각본으로 필사한다 [……] 물고기의 두 눈을 대신했던 별빛은 목판본이기에 두텁게 얼었다"(「겨울 저수지가 얼면서 울부짖는 소리는 군담소설과 다를 바 없다」), "젖은 나무 앞에서는 나무의 소리,/젖은 풀을 풀이라 불러주면서/오래전부터 비는 자연에서 음악으로 이동했습니다"(「우기(雨期) 음악사(音樂史)」) 등.

젖었다 권충운의 아귀를 슬며시 들추니 젖는다는 것은 달의 일상이다 구름의 일손을 빌려 달빛 몽리면적까지 화선지를 발랐다 달이 그새 참지 못하고 꿈틀거리며 한 마장 훌쩍 미끄러진다 잠 이루지 못하는 새들도 번갈아 달빛 속을 들락거린다 물이 뚝뚝 묻어나는 부레옥잠 대궁으로 화선지를 두들기자 달의 숨결이 잠시 멈춘다 그 위에 달만큼 오래된 유묵을 먹였다 뭉툭한 솜방망이를 가져온 것은 뭉게구름이다 다시 살살 두들기고 부드럽게 문지르고 공글리자, 먹을 서 말쯤 삼킨 시커먼 월식(月蝕)이다 칠흑이다 달이 탄식하기 전 화선지를 떼어내 새들의 긴 빨랫줄 항적에 널었다 아침부터 달의 탁본이 걸렸다 모서리 없는 습탁이다 먹이 골고루 묻지 않아서 속빛무늬로 얼룩덜룩하지만 잘 말랐다 건탁(乾拓)의 때깔도 보고 싶다

—「습탁(濕拓)」전문

　　달 위에 미농지 덮고 탁본 묵을 문지르자 수피가 거친 나무부터 도드라졌다 달의 미열도 덩달아 솟을새김이다 달의 쉐골 가지에서 졸던 새들은 잠을 뒤척인다 미농지를 흔들면 어린 새들조차 달로 되돌아갈 것이다 다시 미농지를 문지르자 수면이 음각으로 번진다 잠깐 은결든 수면도 보였지만 수위는 자꾸 낮아졌다 이제까지 호수 바닥에서 일렁거렸던 수초는 형광 불빛 아래 뻣뻣해졌다 괜찮다 괜찮다고 내가 오래 달래며 문질렀다 차가운 은색 실선이 둥두렷

이 떠올랐다 달의 길이다 저녁에서 새벽까지 걷는 밤길이
다 모서리마저 부드러워지자 목에 걸 수 있는 둥근 테두리
가 만들어졌다 은화 한 닢 생겼다 이걸로 구입하는 것들이
생계보다 많아졌으면 한다

—「건탁」전문

앞에서 사람의 말과 나무의 말을 비교할 때도 이를 판
화 기법인 '양각'과 '음각'에 빗대었던 전례가 있거니와,
이번에는 탁본 기법 중에서 '습탁'과 '건탁'을 가져왔다.
탁본할 대상에 종이를 덮고 물을 적신 다음 먹방망이로
두들겨 떠내는 것이 습탁이고, 물에 젖어선 안 되는 대상
일 때 종이를 대고 납묵을 문지르는 간단한 방법이 건탁
이다. 흐린 날에는 습탁을 한다. 화자가 달빛의 '몽리면적
(蒙利面積, 영향이 퍼지는 범위)'을 화선지로 바르니, 뭉게
구름이 솜방망이를 가져와 두드린다. 그런 협업으로 탁
본이 완성되는 순간을 이렇게 적을 수 있다니. "달이 탄
식하기 전 화선지를 떼어내 새들의 긴 빨랫줄 항적에 널
었다" 하늘에 걸려 있는 달의 탁본! 건탁 쪽도 궁금하다.
건탁이어서 '탁본 묵'을 문지르니, 종이 위로 풍경이 그림
처럼 솟아오른다. 새들이 뒤척이고 수면이 번지고 수초
가 일렁이다가 마침내 둥근 테두리가 만들어졌다. 마술
처럼 건탁된 달을 "은화 한 닢" 같다 하고는 생계 이상의
넉넉한 쓸모를 꿈꾸는 발상이 뜻밖에도 천진하다.

다룰 시가 많아 짧게 언급했지만 더 오래 머물고 싶은 시들이다. 달을 탁본한다는 것부터가 실로 기발한 발상인데, 탁본의 그 과정을 이토록 정교하게 설명해놓았으니 정말로 달을 탁본하는 데 성공했으리라 믿고 싶어질 지경이고, 달 주변의 자연물이 탁본을 돕거나 방해하는 장면까지 상상력으로 더해 놓아서 환상적인 장관을 이루었다. 그의 시선은 자연 속에서 예술 작품을 발견하는/정립하는, 자연을 예술화하는 시선이다. 시인이 주체고 자연은 객체인 것이 아니다. 주체와 객체가 함께 예술가이고 또 스스로 예술품이다. 다시 옛 철학자의 말이 떠오른다. "자연은 그것이 동시에 예술인 것처럼 보였을 때 아름다운 것이었다. 그리고 예술은 우리가 그것이 예술임을 의식할 때도 우리에게 자연인 것처럼 보일 때에만 아름답다고 불릴 수 있는 것이다."(칸트, 같은 책, §45) 위 두 편이 자연을 예술화한 시라면 다음 시는 예술을 자연화한 것이라 할 수 있을까.

어젯밤 그림 속 금붕어 꼬리가 천천히 움직이는 걸 곁눈질로 보았어요 언니가 오기 전까지 어떤 산조에도 꿈쩍 않더니만 느린 진양조장단을 감싸며 천천히 움직이는 물고기 지느러미 때문에 눈물이 왈칵 쏟아지네요 붉은색 꼬리가 물고기 피보다 더 선연해지더니 붉은 비늘 흔적을 뭉클뭉클 구름 토하듯 뱉어가면서 좌우로 움직이네요 붉은색이

투명하도록 맑았어요 입춘에서 대한까지 진양조의 이십사
절기 속으로 금붕어는 맘껏 따라오데요 중모리장단까지 금
붕어가 뉘엿뉘엿 헤엄치는 걸 보았어요 하지만 자진모리
매듭에서 갑자기 맥을 놓고 뻣뻣해지더니 그냥 잘생긴 금
붕어 그림이네요 언니 고언대로 아쟁과 철금 공부가 모자
란 탓이겠지요 아쟁의 아홉 줄을 거치면서 내 생 속으로 소
리란 무엇이고 눈물이란 무엇인가라는 떨림이 들어왔어요
아직 철금의 인내와 높은 소리는 날것처럼 내 몸과 내외하
지만 몇 년 더 회오리를 따라간다면 유성의 피륙 같은 휘모
리도 엿볼 수 있겠지요 근데 몸이 이렇게 자주 어혈 속인데
금붕어 비늘마다 산조를 얹어볼 날이 언제일까요

　　　　　　　　—「금붕어 그림—가야금 산조」부분

　배경 설명이 있으면 더 좋을 시다. 가야금 산조의 전통
은 김창조 – 김죽파 – 양승희로 이어지는데, 양승희(중요
무형문화재 제23호)가 어느 강연에서 한 이야기는 이렇
다. 가야금 연습은 자기 수양이기도 해서 고통스럽고 외
롭다는 것. 그래서 어느 날은 자신이 좋아하는 운보 김기
창 화백의 금붕어 그림을 앞에 놓고 연습을 했다는 것. 그
런데 그림 속 금붕어 꼬리가 자신의 연주에 맞춰 움직이
더라는 것. 빨리 연주하면 빠르게, 또 느리게 연주하면 느
리게. 이를테면 이것이 득음의 경지라는 것이다. 위 시는
바로 그 이야기를 다룬 것이다. (가야금 산조는 반드시 '진

양조 – 중모리 – 중중모리 – 자진모리'의 순서로 연주돼야 한다는 것이 김창조의 유언이었는데, 위 시에서 묘사된 연주의 흐름도 그와 거의 같다.) 실제에 근거했으되, 연주의 몰아지경이 시각적 환영으로 변용되는 순간에 대한 저 묘사의 아름다움은 온전히 송재학의 것이다. 언니에게 들려주는 이야기로 전환해서 여성 화자의 내면을 돋을새김한 것도 그답다.

우리의 시인은 왜 위의 이야기에 매혹됐을까. 스승 김창조는 경지에 오르기 위해서는 가야금뿐만 아니라 무용, 철금, 병창, 판소리, 아쟁, 설장구까지 다 습득해야 한다고 했다는데, 위 시의 화자는 "언니 고언대로 아쟁과 철금 공부가 모자란 탓이겠지요"라고 하면서 제 부족함을 탓하고 있다. 여기에는 언어를 연주하는 사람으로서의 시인 송재학의 탄식이 담겨 있다고 보아도 틀리지 않을 것이다. 대상에 대한 탐구에 몰두하는 2인칭 시인이라면 자신의 투시력이 그림 속 금붕어 꼬리의 춤을 볼 정도는 못 된다고 겸손히 생각할 때 아직 더 가야 할 길이 아득하게 여겨질 것이다. 게다가 기예의 단련과 인격의 수양을 동시적인 것으로 간주하는 동아시아 미학의 관점에서 볼 때 이것은 자기 삶에 대한 엄정한 평가이기도 하다. '내 삶은 아직 예술 작품이 되지 못했구나.' 이번 시집에는 그런 자기 평가의 시들이 몇 편 있다. 2인칭 시인에게는 이 정도의 자기 노출도 쉽지 않았을 것이다.

4. 유사 1인칭 시와 평온한 우울

아닌 게 아니라 2인칭 시인의 결벽증은 여전하여서 이 시인은 자기를 이야기할 때도 극화(劇化)하거나 객화(客化)하지 않으면 안 된다. 특히 흥미로운 사례가 있어 조금 자세히 말해보려 한다. 옛 소설 「만복사저포기(萬福寺樗蒲記)」(김시습, 『금오신화(金鰲新話)』)의 내용은 이미 유명하다. 배필 없음을 탄식하던 '양생'이라는 청년이 부처님과 '저포'(주사위 혹은 윷) 놀이를 하여 이긴 대가로 한 여인을 만나 꿈결 같은 며칠을 보냈으나, 알고 보니 그녀는 전쟁 통에 억울하게 죽은 여성이었던지라 결국 짧은 인연을 뒤로 한 채 저승으로 떠나지 않을 수 없었다는 것. 감동적인 것은 결말부다. 양생은 최선을 다하여 그녀의 장례를 치르느라 집과 밭을 모두 팔기까지 했는데, 그 덕분인지 그녀는 남자로 환생하여 양생에게 공중에서 들려오는 목소리로나마 감사를 표했고, 양생은 그 후로도 장가를 들지 않고 칩거하여 세상이 그의 운명을 알지 못한다는 것이다. 이것은 어찌 보면 한 남자의 집요한 전념(專念)의 이야기랄 수 있다.

송재학의 시 「만복사저포기」를 같은 제목의 옛 소설과 비교할 포인트가 여기다. 시의 앞부분에서 화자 '송생'은 스님과 게임을 하는데 그 대가로 경전을 하나 얻는다. 그런데 이게 선물인지 재앙인지 알 수가 없다. "수백 번 읽고 외우고 찢고 태우며" 난리를 치게 되었다 하니 말이다. 세상의 것이 아니라 여겨질 정도로 맑은 책이었다고 했으니 삶의 근본진리가 거기 담겨 있었으리라 짐작되는데 송생이 그 깊은 뜻에 도달하는 일은 쉽지 않았기 때문에 그 난리가 벌어졌을 것이다. 양생이 허공에서 여인의 목소리를 들은 것처럼, 송생도 한생을 경전에 매달리다가 마침내 "허공의 소리가 들린 후에야" 세상을 뜬 것으로 돼 있다. 그러고 보면 이 시 역시 '한 남자의 집요한 전념의 이야기'랄 수 있는 것이다. 그런데 과연 송생은 그 경전의 도를 깨치기는 한 것인가. 이에 대해 시인은, 먼 훗날 누군가 송생의 무덤을 파헤친다면, 그는 거기서 상자 속의 상자 속의 상자 속의…… 그러니까 빈 상자만을 보게 될 것이라고 예언한다. 왜일까?

송 아무개의 일생 또한 텅 빈 것들의 악연이었다고, 그의 허묘와 생애를 가득 채운 건 의심투성이였다고, 파묘자는 송 아무개가 그 경을 수백 번 고쳐 읽고 골몰했지만 의심을 의문으로만 바꾸었다는 걸 알았어야 했는데, 아마 「만복사 저포기」 이후 「송생전(宋生傳)」의 이모저모도 그러했을 거라, 문득 여기까지 궁리하다 다시 곰곰 앞뒤로 따져보니 쥐뿔도 남기지 않았던 선문답 같은 송 아무개가 분하여 파묘자는 기어이 서생의 주검을 찾아 해골의 눈알이라도 샅샅

이 들여다보고 싶을 터, 경북 영천의 낙백서생 송 아무개가
읽은 경의 마지막 쪽은 죽은 뒤에도 눈 부릅뜨는 개안술에
대한 너덜너덜한 방법론이었겠다

　　　　　　　　　　　　　　　　　　—「만복사저포기」 부분

　결론부터 말하면 평생 경전에 매달려 살았으나 끝내
도를 얻지는 못했다는 것이다. "그 경을 수백 번 고쳐 읽
고 골몰했지만 의심을 의문으로만 바꾸었다"는 구절이
의미심장하다. 혹시 경전 읽기를 통해 '막연한 의심'이
'구체적 의문'으로 바뀌었다면 그것만으로도 독서의 성
과일 수 있겠는데, 문맥을 보면 저 구절은 결국 깨달음에
이르지 못한 좌절 혹은 체념의 뉘앙스에 더 젖어 있다. 그
러므로 스님과의 게임 이후 송생의 일생을 '송생전'으로
기록한다 한들 '의심에서 의문으로'라는 큰 흐름 외에 별
내용이 있겠느냐고 자조할 때, 또 기껏 무덤을 파헤쳤으
나 아무 소득이 없어 홧김에 도대체 어떻게 생겨먹은 인
간이냐며 주검의 눈이라도 들여다볼지 모를 파묘자(破墓
者)에게 미안해할 때, 이 시인은 읽고 쓰는 사람으로 살아
온 자신의 생을, 미래로 달려가서는, 냉정하리만큼 겸손
하게 자평하고 있는 것이다.
　그렇다. 냉정하리만큼 겸손하다. 그런데 그것이 자학
적 냉소는 또 아니다. 그는 자신의 주검이 눈을 부릅뜨고
죽어 있을 것이라고 예상한다. 자기가 죽기 전까지 읽을

108

경의 마지막 쪽에는 "죽은 뒤에도 눈 부릅뜨는" 개안술(開眼術)이 적혀 있지 않을까 하는 말은 씁쓰레한 유머인 셈이다. 저 부릅뜨고 죽은 눈은, 비록 바라던 경지에 도달하지 못하고 죽더라도, 죽을 때까지 그 노력을 멈추지 않겠다는 의지를 함축하고 있는 것이 아니겠는가. 그렇긴 하나 그 노력은, 지금의 노력이 무슨 큰 결실을 낳을 것이라는 기대는 없는, 달리 뭘 어쩌겠는가 하는 식의 노력이다. 「건달 저(樗)」 같은 시에서 '저'는 가죽나무를 가리키는데, 가죽나무를 건달에 비유하고 또 시인 자신을 거기에 빗댄 것은 (시의) 건달처럼 살고 말았다는 자평의 소산이겠으나, 그 감정 역시도 들끓는 회한이라기보다는 차라리 평온한 우울에 더 가까운 것이다. 워낙에 1인칭의 시가 드물지만, 그 드문 것들이 대체로 그런 분위기다.

　　입김 같은 밀물 소식지를 받았습니다
　　물때란 게 일몰조차 설레게 합니다
　　사람을 찾는 심인(尋人) 파도가 있다면
　　밀물의 부고란에 나무나 풀의 이름들이 가끔 떠내려옵니다
　　바다 밑 늑골들이 잿빛이라는 흉흉한 소문도 있습니다
　　뒷면의 전면광고는 죄다 형광빛 한려(閑麗)인데
　　수천 조각 낭랑했던 역광들은
　　목이 쉬어 상(傷)한 비늘 털고 야행성으로 누웠습니다

눈물의 외등은 해안선 따라 차례로 점멸합니다
돌아갈 곳 없다는 밀물의 울음,
네 쪽짜리 소식지를 흥건하게 채우는 밀물 드는 저녁입니다
물의 방죽 아래가 얼마나 허망한지 더듬다가
내처 물 허물어지는 느낌처럼 깜빡 풋잠 들었다가
아직 높고 어두운 수면의 해발을 바라봅니다
텅 빈 것들의 무릎깍지마다 달이 돋고 있습니다
천문에도 밀물 들어 별자리는 쏟아질 듯 돋을새김
입니다
얼굴 모습 본뜬 밀물 같은 게 있기에
파도는
물때까치 사나운 무리 속에 뒤섞여버렸습니다

　　　　　　　　　　　　　　　　　　　—「밀물 소식지」 전문

　내가 '평온한 우울'이라고 부른 감정에 대해서라면 「바다가 번진다」 「물 위에 비친 얼굴을 기리는 노래」 「물 속의 방」 「나비 날개를 빌린 얼굴」 「그림자 속에서 만져지는 뼈」 등도 있는데 굳이 이 작품을 고른 것은 이것이 은유적 시 쓰기의 교과서와도 같은 시여서만은 아니다. 앞에서 '1인칭의 시'는 주체를 말하는 고백의 형식으로 정서를 생산하고 '2인칭의 시'는 대상을 말하는 탐구의 형식으로 인식을 생산한다고 거칠게 분별했었다. 이 시는 어느 쪽인가 하면, 둘의 경계 지점에 아름답게 자리 잡

은 사례다. 중년의 '고백'인 것도 같고 밀물에 대한 '탐구'인 것도 같다. 이런 어조로도 끝내 자기 자신을 직접적으로 드러내고 싶은 욕망을 절제하는 것을 보면 어쩔 수 없는 2인칭의 시인이구나 싶으면서도, 결과적으로는 밀물에 대한 '인식'보다는 중년 '정서'의 생산에 더 성공적이니까 2인칭의 형식으로 1인칭적인 효과를 낸다고도 말할 수 있는 사례가 되었다. 적어도 송재학의 최근 시에서 이런 1인칭으로의 이끌림은 자주 발견되는 현상이 아니기 때문에 나에게는 이 시가 귀하게 여겨진다.

이 시의 모든 것은 밀물을 소식지에 비유하면서 시작됐다. 그것은 무엇보다도 심인란이 그렇듯 사람을 찾아 밀려오는 것처럼 보이고, 거기에 함께 떠내려오는 나무나 풀은 그것이 제자리에서 끊어져 떠내려온 것이니까 부고(訃告)란에 적힌 이름처럼 보이기도 한다. 그런 밀물 소식지를 시인은 해안선 어딘가에서 받아 보고 있다. 그 역시 밀물의 시절을 보내고 있다는 뜻이리라. 내가 "목이 쉬어 상한 비늘 털고 야행성으로 누웠습니다"에서 본 것은 "낭랑했던 역광"의 시대를 돌아보는 이의 조금은 지친 모습이고, "돌아갈 곳 없다는 밀물의 울음"에서 들은 것은 이제는 내가 온 곳으로 되돌아갈 수 없다는 것을 아는 이의 조용한 울음이며, "얼굴 모습 본뜬 밀물"에서 짐작해본 것은 그럼에도 소멸될 수 없는 어떤 그리움의 정체다. 이 모든 것들이 모여 이 시에 예의 평온한 우울을 감돌게 한다. 이번 시집의 우점종(優占種)은 여전히 아닐지 언정 이 시가 대표하는 이런 정서는 이전 시집들보다 더 짙어졌다. 이 정서를 색으로 표현한다면 검은색이 되는 것일까.

5. 그리고 그가 원한 검은색

앞부분까지 쓰고 나서는 오랫동안 글을 잇지 못했다. 이 시집의 가장 깊은 곳으로 내려갈 준비가 돼 있지 않았 기 때문이다. 이 준비는 영영 끝날 것 같지 않으니 더 늦 기 전에 검은색에 대해 말하자. 검은색이라고 하면 대뜸 '죽음'이나 '비애' 같은 것을 떠올리는 것은 선입견이다. 검음이 캄캄함이나 무지함 등으로 연결되면 죽음이 되고, 멜랑콜리('검은 담즙')와 우울함 등으로 연결되면 비애와 가까워진다. 그러나 이 시인으로 말할 것 같으면 20년 전 에 이미 "검은빛은 죽음이 아니다, 비애가 아니다 검은빛 은 환하다"(「주전」, 『푸른빛과 싸우다』)라고 말했던 터다. 그 뒤로도 「검은색의 음악회」(『기억들』), 「검은 산」(『진흙 얼굴』), 「검은 산 그리기」(『내간체를 얻다』) 등이 씌어졌 고, 최근의 것으로는 "검은색이 엄마이고 검은색이 따뜻 하다"와 같은 구절이 있는 「왜 젖꼭지는 새까매지는가」 (『날짜들』)도 있다. 이번 시집에 와서야 '검은색'이 제목으로 승격되었지만, 검은색에 대한 그의 성찰은 20년 동안의 것이다.[7] 나는 긴장하며 먼저 아래 시를 읽었다.

전나무 기둥이 떠받치는 숲 속
습한 고딕체의 나무가 훌쩍 자라서
연등천장의 내면을 떠받치는 중이다
고딕 숲에서 내 목울대는 하늘거리는 풀처럼
검은색 너머 기웃기웃,
수사복 사내들의 검은색이
나무의 뼈라면
검은색 이야기의 시작은 주인공의 죽음/자살이다
누군가의 메마른 입술에서 나뭇잎이 꾸역꾸역 자랄 때
내 안팎에서도
열리고 닫히는 새순 아가미들의 연쇄반응들,
숲을 떠다니는 부레족(族) 나뭇잎을 만나도 놀랍지 않다
고딕 숲의 부력이 완성되었기 때문이다
어떤 관습들에서 열거되는 투니카와 쿠쿨라*의
수도복 입은 발자국이 모여들겠다
오래된 불빛이 울울(鬱鬱) 침엽수를 밝히려 한다면
내 묵언은 닫아야 할 입이 너무 많다

---

7) 멀게는 푸른빛과 싸운 『푸른빛과 싸우다』와 분홍빛에 헌정된 『그가 내 얼굴을 만지네』가 먼저 있었으니, 요즘 검은색에 대한 그의 관심은 그의 꾸준한 색채론의 가장 최근 판본인 셈이다.

　전나무 숲에 들어섰는데 나무들이 어찌나 우뚝한지 마치 뾰족한 탑과 높은 기둥으로 상징되는 (연등천장 양식을 택한) 고딕식 건축물에 들어온 듯하다. 그래서 '고딕 숲'이라 했다. (유럽을 침략한 튜턴족이 고향의 숲을 본 떠 지은 것이 고딕식 성당의 출발이라는 설이 맞는다면 고딕은 애초부터 숲이었다.) 이제 고딕식 몽상이 펼쳐진다. 검은색 나무를 보며 중세의 수사(修士)를 떠올리고, 중세를 배경으로 한 "검은색 이야기"(말 그대로 느와르풍의?)를, 특히 "주인공의 죽음/자살"로 시작되는 이야기를 떠올린다. 그 죽음이 남긴 단서처럼, 죽은 자의 "메마른 입술에서 나뭇잎이 꾸역꾸역" 자라는 모습을 상상하자, 내 안팎의 것들의 호흡이 가빠져서 "아가미들"이 열리고 닫힌다. 나뭇잎이 그 형태적 유사성 때문에 물고기를 떠올리게 하였으므로 "새순 아가미" "부레족 나뭇잎" "고딕 숲의 부력" 등으로 연상이 이어지면서 이제 고딕 숲은 마치 물속처럼 보인다. 수도사들이 몰려와 비밀을 파헤치면 '나'는 입을 다물겠노라 결심하며 이 시는 끝난다.

　내가 제대로 읽은 것이 맞는다면, 이것은 고딕풍의 몽상 스케치다. 이 몽상은 그 자체로 인상적이기는 하지만, 여기서 이 시인만의 '검은색에 대한 사유'를 추론해내기는 어려웠다. 구교(舊敎) 사제들이 검은색을 속죄해야 마땅한 죄 많은 인간의 색으로 상징화했다면, 부르주아의 신교(新敎)는 이를 침묵 속에서 천상과 만나는 영적 자기 관리의 색으로 재상징화했다는 것이 문화사적 설명인데,[8] 앞의 시를 이런 맥락 속에 끼워 넣을 수는 없다. (이 시의 출발은 애초 검은색이 아니라 나무인 것 같다. 이 작품 뒤로 나무에 대한 시가 몇 편 더 이어진다.) 다만 검은색의 (종교성이라기보다는) 정신성에 대한 어떤 애착이 송재학에게는 분명 있는 것으로 보이는데, 앞의 시는 그 흔적을 품고 있다고 하면 될 것이다. 그러나 다음 시는 좀더 집요하게 음미해볼 필요가 있다. 여기에 "내가 원했던 검은색"이라는 구절이 들어 있기 때문이다.

들판의 창고는 대체로 회색이다 녹색 창고만 해도 들판과 어울리지 않기에 적재가 쉽지 않다 회색 창고라면 편하겠지만 내가 본 것은 검은 창고, 고산족(族)의 다랑이논 옆에 있다 반추동물처럼 엎드렸는데 귀도 눈도 없이 느리기만 하다 먹거리 쟁여놓은 창고가 아니다 높이와 깊이가 필요한 고산협곡에서 바람을 선택한 검은색이니까 바람은 쉬이 창고의 기별과 겹친다 내가 원했던 검은색이다 야크의 털이 검은 게 아니라 그 시선이 어둡다 이목구비가 없는 것들에게 검고 깜깜하거나 거무죽죽하며 거무스름하면서 꺼

8) 이에 대해서는 신항식의 『색채와 문화 그리고 상상력』(프로네시스, 2007)이 유용한 개요를 제공해준다.

뭇꺼뭇한 얼룩은 때로 몸이고 생각이다 또한 검은색은 늙은 손바닥의 색이다 산을 넘어야 하는 우편낭도 검은색이지만, 유서를 남기는 편지의 감정마저 검은색이다 밤의 결혼식을 보았다면 산과 저녁의 어름은 검은색 청혼을 먼저 지나왔겠다 입을 한껏 벌린 검은 짐승의 하품까지 모두 검은 창고에 보관된 유물이다

—「검은 창고」 전문

시집의 후반부에 몽골, 네팔, 티베트 등의 풍경을 채집한 시들이 여럿 보이는데 그중 한 편이다. 시인은 고산협곡에서 검은색 창고를 발견했다. 이어지는 대목을 읽다 보면 두 개의 물음이 생겨난다. 첫째, "반추동물처럼 엎드렸는데 귀도 눈도 없이 느리기만 하다". 보다시피 검은 창고를 엎드린 동물에 빗대었는데, 여기서 더욱 중요한 것은, 그 창고–동물에 '귀와 눈이 없다'는 점이다. 그게 시인에게는 왜 중요한 것일까? 둘째, "높이와 깊이가 필요한 고산협곡에서 바람을 선택한 검은색"이 거기에 있다. (바람의 입장에서 보자면 그 협곡을 지날 때마다 언제나 창고를 만나 "창고의 기별"을 듣게 된다.) 시인은 보편적인 검은색이 아니라 바로 그런 환경에서나 발견되는 특정한 종류의 검은색에 끌린다. "내가 원했던 검은색이다." 그것은 어떤 검은색인가? …… 두 개의 물음을 합치면 이렇다. '이목구비 없는 것들의 검은색이란 그들 자신에게

또 시인에게 어떤 의미를 갖는가?' 이 물음에 대한 아주 인상적인 답이 이어진다. "이목구비가 없는 것들에게 검고 깜깜하거나 거무죽죽하며 거무스름하면서 꺼뭇꺼뭇한 얼룩은 때로 몸이고 생각이다". '검은색은 이목구비가 없는 것들의 몸이고 생각이다'. 이 생각은 곱씹을수록 나에게 점점 더 심오한 것이 되어갔다. 색이 '몸'이자 '생각'일 수 있다니. 검음으로서의, 몸 혹은 생각. "야크의 털이 검은 게 아니라 그 시선이 어둡다". 야크의 검은색은 털의 색이기만 한 것이 아니라 제 생각(시선)의 표현이라는 것. 우리는 이제 어떤 것이 검은색을 띠고 있음을 알아볼 때, 그것들이 비록 이목구비를 갖고 있지 않아도, 그것의 몸을 보고 생각을 들은 것이 된다. 시인이 저 고산지대에서 만난 "늙은 손바닥" "산을 넘어야 하는 우편낭" "밤의 결혼식" "짐승의 하품" 등의 검은색이 모두 그러했으리라. 공감각(共感覺, synaesthesia)적 현상으로서도 이것은 아주 독특한 사례일 것이다. 검은 창고를 포함한 이 검은 것들에 최근의 송재학은 자신을 투사하고 있는 모양이다. 검은 것이 제 검음으로써 표현하고 있는 그 무엇을 시인도 자기 내부에 갖고 있다는 뜻이겠다.

이 검은색의 정체를 더 자세히 말해보고 싶지만 이 시집을 통해 나에게 주어진 단서가 많지 않다. 겨우 말할 수 있는 것은 검은색에 대한 이 시인의 애착이 불길하지는 않다는 것이다. 나는 그의 검은색에서 소멸이나 죽음 따위를 연상할 수가 없다. 모든 빛을 다 흡수하고 아무것도 반사하지 않을 때 나타나는 (엄밀히 말하면 색이 아닌) 색이 검은색이다. 그렇다면 검은색은 세상의 모든 색(욕망)을 다 받아들이되 스스로는 아무것도 내보내지 않을 수 있게 된 존재가 마침내 띠게 되는, 색 아닌 색인지도 모르겠다. 시와 관련해서 말해보자면, 검은색은, 세상의 대상들을 '인식하면서 소유하는' 2인칭의 시와 시인이 이제 너무 많은 대상들을 제 안에 품게 되어 '검을 현(玄)'자로 표현되는 그런 어둑한 하늘 같아졌을 때 띠는 빛깔일까. 이렇게 생각하자 이제 검은색은 나에게 아주 '아득하고 깊고 먼' 색깔이 된다. 송재학은 내가 미처 따라갈 수조차 없는 아득하고 깊고 먼 사람이 되려는 것일까. 그러니까 그는 검은색 문장으로 검은 시를 쓰려는 것일까. 그래도 그가 무슨 초월적이거나 신비주의적인 세계로 넘어갈 것이라는 걱정 같은 것은 할 필요가 없으리라. 그는 형이상학에 무심한 시인이 아니지만, 어디까지나 감각만의 힘으로 그곳까지 차고 올라갈 사람이기 때문이다. 마지막을 위해 남겨둔 시가 있다.

6. 소유하면서 살려내는 마력

5톤 트럭에 세상의 짐을 다 싣고도 여유롭다고 생각한

건 저녁 식사 때의 반주 탓이겠지

    뭐 스무 축과 뭐 50톳과 뭐 몇 접과 뭐 몇 잎과 뭐 몇 쾌
와 뭐 몇 갓이 트럭에 올라갔다

    푸른 것과 누런 것들이 뒤섞이긴 했지만 설마 짐승은 아
니겠지

    야광 천막을 덧씌우기 전에 사내는 패각류를 보았다

    어쩌면 밤길의 마음과 많은 짐에도 정거장이 이미 달라
붙었는지 모르겠다

    집의 불빛이 그리운 사내는 담배 연기를 깊이 빨았다

    천막을 단단히 조이기 전에 하루살이 떼 몰려들어 잉잉
거린다

    제 패거리들이 있다는 거지

    사내는 쓴웃음 후에 침을 뱉었다

    배추색 야광충들도 몰려든다

    팽팽하게 줄을 당기자 잠깐 물 첨벙거리는 소리를 들었다

    완벽하게 짐 속이 편안해졌다는 느낌이다

    저 속에 출렁거리는 저수지가 있다

    시속 1백 킬로의 잔상이 만든 환상에 의하면 트럭은 금
방 고요해진다

    틀림없이 모서리가 약간 젖었을 짐 속의 모든 생명도 속
도에 의해 순해진다

    별빛을 기준으로 어딘가 멀어진다는 것의 순수,

    새벽이면 가장 밝은 별 아래쪽에 저수지의 날것들

을 부릴 예정이다

—「저수지를 싣고 가는 밤의 트럭」 전문

트럭을 모는 사내가 하루 일을 끝내고 반주 몇 잔을 기울였다. 차에는 오징어니 김이니 북어니 굴비니 하는 것들이 잔뜩 실려 있는 것 같다. 짐을 실을 때 패각류가 유독 눈에 띈 것은 사내에게도 돌아갈 집이 있기 때문이다. 하루살이니 야광충이니 하는 것들이 떼로 모여드는 것을 보면서 그에게도 돌아가 어울릴 무리가 있음을 되새긴다. 상상력의 마술은 그다음에 나온다. "팽팽하게 줄을 당기자 잠깐 물 첨벙거리는 소리를 들었다/완벽하게 짐 속이 편안해졌다는 느낌이다/저 속에 출렁거리는 저수지가 있다". 어디선가 물이 고여 들고, 말려 묶인 어류들이 다시 살아나면서, 트럭 짐칸은 저수지가 된다. 고속으로 달리자 오히려 고요해지는 짐칸, 되살아난 생명들이 순해진다. 그는 "가장 밝은 별 아래"에 도착할 때까지 내처 달릴 것이다. 앞에서의 분류를 다시 따르자면 이것은 3인칭의 시다. 이 시인이 좀처럼 쓰지 않는, 서사의 형식으로 세계를 생산하는 유형의 시. 이렇게 아름다울 자신이 있으니 쓴 것이겠다.

나는 이 3인칭의 시를 우리의 시인에게 1인칭의 시로 되돌려주고 싶다. 이 3인칭 주인공을 송재학이라 생각하고 읽어버리자. 앞에서 읽은 「만복사저포기」의 '송생'은 자신의 평생 공부가 무슨 대단한 성과를 얻지는 못하리라고 쓸쓸히 예감했지만, 나는 그가 이미 이룬 것이 너무 많다고 말하고 싶다. '이룬 것'이라기보다는 '가진 것'이라고 해야 더 정확할 것이다. 앞에서 2인칭의 시는 대상을 탐구하고 인식을 생산함으로써 마침내 자기 몫의 대상을 소유한다고 적었다. 언제나 그랬지만 이번 시집에도 얼마나 많은 대상들이 시인의 왕성한 소유욕에 의해 생포돼 있는가. 그러면서도 빛을 잃기는커녕 그 특유의 '원인의 형이상학'으로 모든 것에서 예술 작품을 발견/정립하기 때문에 그것들은 마치 처음인 듯 살아나기 시작한다. 소유하면서 살려내는 2인칭 시의 마력, 그것은 북어니 굴비니 하는 것들이 저 트럭 운전수의 짐칸에 실리자 오히려 살아나는 일과 유사하다. 어떤 트럭에 저수지가 실릴 수 있다면 어떤 시집에는 온 세계가 실릴 수 있다. 그러므로 그가 쓴 이 시를 그에게 헌정하겠다는 것이다. ▨